Zu diesem Buch

«Buarques Roman ist nicht nur eine düstere Parabel auf eine Erde, die unverdrossen am eigenen Untergang arbeitet, sondern an vielen Stellen auch eine bitterböse Groteske. Sie erzählt, wie Menschen sich ihr Leben in einer solchen Welt der permanenten Bedrohung einzurichten versuchen.» («Stern»)

Chico Buarque de Hollanda (eigentlich: Franscisco Buarque de Hollanda), in Brasilien unter dem Namen Chico bekannt, wurde am 19. Juli 1944 in Rio geboren. 1952 siedelte die Familie nach Rom um, wo der Vater, ein namhafter Historiker, einen Lehrauftrag bekam. 1963 immatrikulierte sich Chico Buarque an der *Faculdade de Arquitetura e Urbanismo* in São Paulo. Nach ersten Auftritten als Musiker beauftragte ihn der brasilianische Schriftsteller und Psychoanalytiker Roberto Freire, die Musik zu dem epischen Gedicht *Morte e vida severina* von João Cabral zu komponieren. 1966 veröffentlichte Buarque ein Liederbuch mit achtzehn Kompositionen sowie seine erste Erzählung *Ulisses*. 1969 ging er nach Italien ins Exil. Nach eineinhalb Jahren kehrte er nach Brasilien zurück. 1970 wurde Chico Buarque zum öffentlichen Feind des Regimes erklärt. Seit 1974 wandte er sich verstärkt dem Theater und Film zu. Mit seinen Arbeiten als Komponist, Interpret, Dramaturg und Literat ist er zu einem der wichtigsten Künstler Brasiliens geworden. Sein über dreihundert Lieder umfassendes Œuvre ist auf zahlreichen Platten veröffentlicht.

Chico Buarque

Der Gejagte

Roman

Deutsch von
Karin von Schweder-Schreiner

rororo

Rowohlt

Die Originalausgabe erschien 1992 unter dem Titel
Estorvo bei Editora Schwarcz in São Paulo

Veröffentlicht im Rowohlt Taschenbuch
Verlag GmbH,
Reinbek bei Hamburg, April 1997
Lizenzausgabe mit Genehmigung des
Carl Hanser Verlag München Wien

Umschlaggestaltung Walter Hellmann
Gesamtherstellung Clausen & Bosse, Leck
Printed in Germany
990-ISBN 3 499 13789 5

1 Für mich ist es sehr früh, ich bin erst bei Tageslicht ins Bett gegangen, durch den Türspion kann ich nicht erkennen, wer der Typ ist. Ich bin benommen, was will dieser Kerl, der da in Anzug und Krawatte steht, das Gesicht durch die Spionlinse aufgedunsen. Es muß was Wichtiges sein, denn ich habe es mehrmals klingeln hören, einmal auf dem Weg zur Tür und mindestens dreimal im Traum. Allmählich kann ich klarer sehen, und jetzt meine ich, daß ich das Gesicht von irgendwoher und irgendwann kenne. Oder aber ich habe noch geschlafen, als ich zum Spion gegangen bin, und kenne das Gesicht von vorher, noch aus meinem Traum. Aber der Bart. Kann sein, daß ich das Gesicht schon ohne Bart gesehen habe, doch der Bart ist so kompakt und streng, als wäre er vor dem Gesicht dagewesen. Der Anzug und die Krawatte stören mich auch. Ich kenne nicht viele Leute in Anzug und Krawatte, schon gar nicht mit schulterlangen Haaren. Leute in Anzug und Krawatte, die ich kenne, sitzen hinter Tischen oder Schaltern, das sind keine Leute, die an meiner Tür klingeln. Ich versuche, mir den Mann glatt rasiert und in Hemdsärmeln vorzustellen, denke mir die Verzerrung durch den Spion weg, und es ist immer noch ein Bekannter, aber sehr schwer wiederzuerkennen. Und so von vorn gesehen, verwirrt das regungslose Gesicht des Kerls mich noch mehr. Eigentlich ist es kein richtiges Gesicht, eher der Charakter eines Gesichts, der zunehmend von dem wahren Gesicht abweicht, je besser man einen Menschen kennenlernt. Diese Starre ist seine beste Tarnungsmöglichkeit, meines Erachtens.

Ich gehe vorsichtig, wie durch Wasser watend, rückwärts in die Wohnung zurück. Ich will wieder ins Bett kriechen, dann wird der Typ in der Annahme, daß niemand da ist, schon irgendwann aufgeben. Aber ich habe die imaginäre Trennwand zwischen Wohn- und Schlafbereich noch nicht ganz hinter mir gelassen, da klingelt es wieder. Bei der Vorstellung, daß dieser Kerl nicht von meiner Tür weicht, kann ich nicht schlafen. Ich gehe wieder zum Spion. Irgendwann werde ich ihn schon dabei ertappen, daß er nicht aufpaßt, sich mit einer Äußerung von Ungeduld verrät und mir ermöglicht, Gebärde und Person zusammenzubringen. Aber solange ich da stehe, klingelt er nicht, sieht nicht auf die Uhr, zündet sich keine Zigarette an, wendet nicht den Blick vom Spion. Jetzt habe ich das deutliche Gefühl, daß er mich die ganze Zeit sieht. Von der anderen Seite sieht er mich durch den Spion, als wäre ich konkav. So hat er mich gesehen, als ich hergekommen bin, mein Auge auf das Loch gedrückt und versucht habe, ihn zu identifizieren, er hat gesehen, wie ich in Zeitlupe mit ausholenden Schritten weggeschlichen bin, hat gesehen, wie ich mit verkniffenem Gesicht zurückgekommen bin und gesehen habe, daß er mich sieht und mich besser kennt als ich ihn. Denn ich weiß nur, daß er nicht das ist, als was er sich ausgeben möchte, ein Hausierer, ein Verwalter, ein Geistesabwesender. Und er kennt mich gut genug, um zu wissen, daß ich selbst einen Fremden hereinlassen, aber niemals jemandem die Tür öffnen würde, der tatsächlich hereinkommen will.

Jetzt hat er wohl begriffen, daß es keinen Zweck hat, daß er mich nicht mehr täuschen kann, daß ich wirklich nicht aufmache, daß ich imstande bin, hier still und stumm zu sterben, zum Skelett werden kann, das seinem Skelett gegenübersteht, also schüttelt er den Kopf und verschwindet aus meinem Blickfeld, und in diesem letzten Augenblick erkenne ich ihn ganz eindeutig und habe ihn auf der Stelle wieder vergessen. Ich weiß nur, daß es jemand war, der vor langer Zeit mit mir zusammengewesen ist, den ich aber nicht hätte sehen müssen, den ich nicht wiederzusehen brauchte, denn es war jemand, der eines Tages den Kopf geschüttelt hat und aus meinem Blickfeld verschwunden ist, schon vor langer Zeit.

Mit Schlafen ist es vorbei. Von meinem Fenster im sechsten Stock kann ich den Bürgersteig vor dem Haus beobachten. Der Mann taucht gleich danach auf, bleibt am Bordstein stehen und blickt nicht zu meinem Fenster hinauf, wie ich es an seiner Stelle tun würde. Nach so langem Warten in meinem Flur müßte er eigentlich noch einen kurzen Blick riskieren. Jeder würde zum sechsten Stock hinaufsehen, auch wenn er wüßte, daß es zwecklos ist; er würde hinaufsehen, um sich zu vergewissern, daß kein Licht brennt, daß kein Handtuch auf der Brüstung liegt, nur automatisch hinaufsehen, aus einem Hoffnungstick heraus. Er würde nur dann nicht hinaufsehen, wenn er wüßte, daß er beobachtet wird. Er weiß, daß ich sehe, wie er einem Taxi winkt, sich auf den Beifahrersitz setzt und Anweisung gibt, in die nächste Straße rechts einzubiegen. Ich ziehe mir rasch etwas an und rechne mir aus, daß er in diesem Augenblick bei Rot an der nächsten Ecke steht. Da er sich ausrechnet, daß ich mir rasch etwas anziehe, wird er zum Fahrer sagen, er soll trotz Rot weiterfahren und wieder rechts abbiegen und dann wieder rechts und wieder rechts. Wenn er rund um den Block gefahren ist, stellt er sich vor, daß ich mit noch offenem Hemd gerade im Fahrstuhl stehe. Aber ich knöpfe es mir am Fenster zu, während ich sehe, wie das Taxi um den Block herumkommt.

Wenn ich meine Wohnungstür kräftig und endgültig zuschlage, wird er gerade aus dem Taxi steigen, und der Taxifahrer wird ihn wegen der idiotischen Tour zum Teufel wünschen. Er wird enttäuscht sein, weil er nicht in der Eingangshalle auf mich trifft. Er wird beim Portier nach mir fragen, während ich mich zwischen dem fünften und vierten Stock befinde und langsam, weil die Glühbirnen durchgebrannt sind, die Treppe hinuntergehe. Der Portier hört Radio und wird ihm antworten, daß er über keinen im Haus etwas weiß. Ich komme im zweiten Stock an, und er wird, nachdem er vierzigmal den Knopf eingeklemmt hat, den Fahrstuhl betreten. Kurz vor dem Erdgeschoß begegnet mir das Licht von draußen, es kommt die Treppe über die Vorderseiten der Stufen herauf. Auf dem letzten Stück der gewundenen Treppe trete ich daneben; ich trete ins Licht und stürze Hals über Kopf durch die Halle, er steht in meinem Flur. Jetzt wird er nicht mehr klingeln; er wird das Schloß aufbrechen, und ich stehe auf dem Bürgersteig gegenüber.

Ich brauche nicht zum sechsten Stock hinaufzusehen, um zu wissen, daß er mich von meinem Fenster aus beobachtet. Er wird sehen, daß ich schneller gehe und hastig in der nächsten Straße links verschwinde. Und er wird den Fahrstuhl holen und dem Taxi winken, aber den Fahrer nicht überreden können, mich gegen Fahrtrichtung zu verfolgen. Er wird es mit einer Parallelstraße versuchen, aber ich biege in den Tunnel ein, gelange in einen anderen Stadtteil, atme eine neue Atmosphäre. Er wird im Verkehr steckenbleiben, und ich steige die abgestuften, bewaldeten Hänge hinauf, die unsichtbaren Anhöhen mit unsichtbaren Villen, von denen aus man die ganze Stadt sieht.

Der Posten im gepanzerten Wachhäuschen ist neu im Dienst und dazu verpflichtet, mich beim Betreten der Wohnanlage abzufangen. Er fragt nach meinem Namen und wohin ich will, wirft Blicke auf meine Schuhe. Er ruft über Sprechanlage in Haus 16 an und sagt, da sei jemand, der sich als Bruder der Hausherrin ausgebe. Von Haus 16 kommt eine Antwort, die dem Wachmann nicht gefällt, er macht »hm«. Das grüne Eisengittertor mit dicken, ringförmigen goldenen Griffen öffnet sich langsam und ruckelnd, als widerstrebte es ihm, mich einzulassen. Der Wachmann beobachtet, wie ich die steile Straße hinaufgehe, achtet auf meine Schuhsohlen und ist überzeugt, daß ich der erste Fußgänger bin, dem der Zutritt durch das Tor gestattet wird. Das Haus 16 am Ende der Wohnanlage hat noch eine Sprechanlage, noch ein elektronisch gesichertes Tor und zwei bewaffnete Wachposten. Die Hunde bellen im Chor und hören schlagartig auf. Ein junger Mann mit einem Putztuch in der Hand öffnet die kleine Seitenpforte und winkt mich mit dem Putztuch in den Garten herein.

Das Haus meiner Schwester ist eine Glaspyramide, nur ohne Scheitelpunkt. Eine Stahlkonstruktion trägt die vier Flächen, die aus trapezförmigen Verbundglasscheiben bestehen, teils feste Scheiben, teils Türen, teils Kippflügelfenster. Die wenigen gemauerten Innenwände waren so konzipiert worden, daß man beim Betreten des Gartens durch das Haus auf den Ozean und die Inseln im Hintergrund sehen konnte. Später hat man allerdings, um die Räume kühler zu halten, überall weiße, schwarze, blaue, rote und gelbe Vorhänge angebracht und so den Horizont durch ein riesiges abstraktes Gemälde ersetzt. Ursprünglich stand auch im kreisrunden Innenhof im Bauch des Hauses ein Ficus, dessen Krone aus der gekappten Pyramide herausragte. Als dann aber das Haus fertig war, nahm es dem Ficus allmählich die Luft, und dieser untergrub seinerseits mit seinen Wurzeln das Fundament. Der Architekt und der Gartenarchitekt wurden zitiert, beschuldigten sich gegenseitig, und heraus kam dabei, daß Haus und Ficus nicht mehr miteinander auskommen konnten.

Ich bin seit jeher der Meinung, daß dieses preisgekrönte Bauwerk lieber in anderer Umgebung stehen würde. Das Haus ist den Ficus los, aber trotzdem scheint es nicht zufrieden zu sein mit dem ihm zugewiesenen Gelände, dem Garten, der es von allen Seiten umgibt, dem Moos, das sich an der Betongrundmauer festsetzt, dem Efeu, der sich an die Glasflächen zu kletten versucht. In diesem Zwist hat der Gärtner sich auf die Seite des Hauses geschlagen und ist ständig damit beschäftigt, den Efeu herunterzureißen, den Beton zu scheuern und alles zu stutzen, was ihm unter die Augen kommt. Eines Tages packte ihn die Wut, er grub die Beete um, riß die Hortensien heraus, und hätte meine Schwester nicht eingegriffen, hätte er den ganzen Garten in einen Golfplatz verwandelt. Meine Schwester, die im Botanischen Garten ein Praktikum gemacht hat, geht gern zwischen den Bäumen weitab vom Haus spazieren und kann einen *ipê* von einem *carvalho*, einer *oiticica*, einem *jequitibá* oder einem *maçaranduba* unterscheiden. Sie kümmert sich auch um die Palmen, die sich abseits reihen, denn sie hat gelernt, daß Palmen zu einem stolzen Baumgeschlecht gehören, das die seriösen Bäume ihrerseits verachten. Und wenn sie Zeit hat, geht meine Schwester bis ans Ende des Geländes, wo der Garten an die Mauer des städtischen Waldes stößt; erst in der Dämmerung kommt sie auf Wegen zurück, die selbst der Gärtner nicht kennt, und bleibt unterwegs stehen, um das Spiel der Blätter zu belauschen und zu beobachten. Aber heute, da die Sonne im Zenit steht und sich kein Lufthauch rührt, ist meiner Schwester nach Drinsein, und die Blätter regen sich nicht; jedes Blatt ist ein Beispiel für sich mit seinem Dunkelgrün im Licht und seinem kontrasthellen Grün im Schatten. Heute ist es so, als ob der Garten Architektur studierte.

Der Hausboy weiß nicht, welcher Eingang mir angemessen ist, denn ich will nichts abgeben, sehe aber auch nicht wie Besuch aus. Er stockt, wringt das Putztuch, um seine Unsicherheit auszudrücken, und entscheidet sich für die Garagentür, die weder dies noch das ist. Zuckenden Zeichen des Putztuchs gehorchend, gehe ich um die Autos in der durchsichtigen Garage herum, steige eine Wendeltreppe hinauf und lande in einer Art ungewöhnlich hohem Wohnzimmer mit Granitfußboden, einer schrägen Glaswand, ansonsten weißen, nackten Wänden und starkem Echo, ein Wohnzimmer, in dem ich noch nie jemanden habe sitzen sehen. Links von diesem Wohnzimmer führt die breite Treppe vom zweiten Stock herunter. Und am Fuß der breiten Treppe liegt, an den Innenhof grenzend, in dem der Ficus stand, ein kleiner Raum, den sie Wintergarten nennen. Dort sitzt meine Schwester im Negligé und frühstückt an einem ovalen Tisch.

Sie begrüßt mich mit einer Bewegung der Augenbrauen, senkt wieder den Kopf, die Haare fallen ihr vor das Gesicht, und beschäftigt sich mit Photos, die sie durchsieht und zu kleinen Häufchen ordnet. Für mich ist ein Platz ihr gegenüber gedeckt, ziemlich weit weg, und auf den Photos, die sie mir reicht, ohne mich anzusehen, sind keine Menschen, nur Parks, Straßen, etwas Schnee, immer wieder Landschaften, nach einer halben Minute bin ich damit fertig. Die Photos müssen vom Anfang der Reise stammen, als sie allein und emotional angeknackst war; obwohl sie einen Photokurs gemacht hat, sind die Motive unfachmännisch aufgenommen, zu wenig oder grelles Licht, als hätte sie den Film schnell abknipsen wollen. Auf den Photos, die sie außer Reichweite von mir stapelt, hat sie vermutlich schon einen frischen Teint, steht vielleicht mit ausgebreiteten Armen auf einer Brücke, nachdem sie einem Fremden gezeigt hat, wie er mit dem Apparat umgehen muß. Und auf den jüngsten Photos, die sie hinter dem Milchkännchen aufstellt, sind wohl die neuen Freunde zu sehen, die sie immer findet, und die Freunde der Freunde und die Künstler und die offiziellen Leute und die Lichter des Bootes beim Abschiedsabendessen.

Der Butler kommt mit einem Tablett herein, obwohl ich meine Schwester nicht habe rufen hören, und räumt die Photos nach Stapeln sortiert weg. Ich wollte meine Schwester gerade bitten, mir die ganze Serie zu zeigen, aber sie blickt auf und fragt, ob ich in letzter Zeit Mama besucht hätte. Sie sagt, Mama sei immer so allein, aber Personal will sie auch nicht, sie hat nur eine Putzfrau, die dienstags und donnerstags kommt, aber eine Putzfrau, findet Mama, ist keine Gesellschaft. Das Ideale wäre, eine Pflegerin zu engagieren, aber mit Pflegerinnen, findet Mama, wird es leicht zu familiär, dabei muß man ständig damit rechnen, daß Mama stürzt, denn ihre Augen werden immer schlechter. Während sie spricht, streicht meine Schwester eine hauchdünne Schicht granatroter Marmelade auf ihren Toast, als ob sie den Toast lackierte, dann begutachtet sie ihn, nimmt vom Granatrot Abstand und beendet ihr Werk mit orangefarbener Marmelade; sie ist drauf und dran, hineinzubeißen, überlegt es sich anders, trinkt einen Schluck Tee und wundert sich, daß ein Mensch so von heute auf morgen altern kann, denn als Papa starb, dachten wir, Mama würde zusammenklappen, aber von wegen, sie blieb putzmunter, ging weiter ins Theater, auswärts essen, auf dem *sítio*, unserem Landsitz, ritt sie aus, was hat sie den *sítio* geliebt, sie trank ihren Whisky, spielte Tennis, meine Güte, wenn man bedenkt, daß Mama noch bis zum vorigen Jahr Tennis gespielt hat.

Die Kleine kommt hinter mir hereingestürmt und fällt ihrer Mutter um den Hals. Sie trägt eine Schuluniform, die Pausenbrottasche über der Schulter und abstehende Zöpfe. Meine Schwester kneift sie in die Bäckchen, nimmt sie auf die Knie und spielt mit ihr Hoppe-hoppe-Reiter, kitzelt sie unterm Arm, gibt ihr Chinesenküsse und verwandelt sich in die einäugige Frau vom Mars. Sie drücken Nase an Nase und bleiben eine Ewigkeit so sitzen, jede wünscht sich, das Abbild der anderen zu sein. Das Mädchen sagt, »Schluß jetzt«, springt vom Schoß, stürzt sich auf die Cream Cracker und stellt ganz nebenbei fest, daß ich da bin. Meine Schwester fragt, ob sie ihrem Onkel nicht guten Tag sagen will. Sie streckt mir die Arme entgegen, als wollte sie auf meinen Schoß, aber plötzlich verwandelt sie ihre Hände in Pistolen, geht auf mich los und bohrt sie mir fast in die Augen. Anschließend bricht sie in unkindliches keckerndes, gutturales Lachen aus; ihr ganzer Körper fängt an zu zittern, sie lacht krampfhaft weiter, bis ihr der Atem ausgeht, holt mit asthmatischem Keuchen neu Luft und keckert wieder los, keucht und röchelt, zittert und keckert und läuft blau an. Das Kindermädchen kommt und bringt die Kleine hinaus.

Meine Schwester legt das saubere Besteck quer über den Teller mit dem Toast, und ich weiß, daß sie sich um diese Zeit im allgemeinen für die Stadt fertig macht. Ich nehme an, der Chauffeur steht schon bereit, den Stadtplan in der Hand, um sie zu dem von ihr gewünschten Ort zu bringen, und vermutlich läßt sie sich jeden Tag zu einem anderen Ziel fahren. Heute nennt sie eventuell ein Viertel am anderen Ende der Stadt, und wenn sie dort ankommen, wird sie sagen, »Ich glaube, da vorn ist es« oder »An der nächsten Ecke« oder »Wir sind schon vorbei« und damit zu erkennen geben, daß sie sich wieder einmal eine Anschrift ausgedacht hat. Kann sein, daß sie dem Chauffeur Anweisung gibt, vor einer gelben Pension zu warten, vier Stunden darin verbringt, gefaßter, als sie hineingegangen ist, herauskommt und in der Stoßzeit unbedingt schnell nach Hause will. Kann sein, daß sie zur gleichen Zeit wie ihr Mann ankommt und die beiden Chauffeure den Hang in der Wohnanlage nebeneinander hinauffahren. Vielleicht geht sie mit ihrem Mann nach oben ins Schlafzimmer und sagt, während sie sich auszieht, daß sie vier Stunden in einer gelben Pension in einer Schlafstadt verbracht hat, aber ich weiß nicht, ob ihr Mann ihr glauben oder überhaupt zuhören wird. Ich weiß nicht, ob ihr Mann sich auf das Bett setzt und den Gürtel lockert und sie auffordert, so stehen zu bleiben, wie sie gerade steht, mit den Händen in den Haaren. Ich weiß auch nicht, ob ihr Mann weiß, daß sie mir hin und wieder Geld gibt. Ohne daß ich gemerkt habe, daß meine Schwester ihm irgendein Zeichen gegeben hat, bringt der Butler auf einem Tablett das Scheckheft und den silbernen Füllhalter.

Sie schreibt den Scheck aus, und ich kann weder sehen, ob sie hinter ihren braunen Haaren wirklich lächelt, noch, ob dieses Lächeln besagen soll, daß ich ein armer Kerl bin. Die lässige Unterschrift und dazu das Lächeln, das ich nicht sehe, bedeuten mir, daß sie auf dieses Geld gut verzichten kann. Das spröde Geräusch, mit dem der Scheck mit einem Ruck herausgerissen wird, kann mir bedeuten wollen, daß es das letzte Mal ist. Aber die Art, wie sie den Scheck verdeckt neben meine Untertasse legt, als reichte sie mir eine Trumpfkarte, und wie sie die Handfläche liebevoll über das Tischtuch streichend zurückzieht, als wischte sie etwas mit den Worten »Vergiß es« weg, bedeutet, daß ich immer, wenn ich sie brauche, auf sie zählen kann. Sie steht auf und sagt, daß sie spät dran ist, sagt, »Fühl dich wie zu Hause«, weiß nicht, ob sie lächeln soll, befeuchtet die Lippen mit der Zunge, streicht sich das Haar hinter das linke Ohr und geht.

Der Gang meiner Schwester ist eine klare, vollendete Bewegung. Ihr Körper tut dabei scheinbar gar nichts, ihr Körper existiert nicht mehr, und unter dem Seidennegligé ist nichts als Bewegung. Bewegung als Ausdruck der Formen eines Körpers unter dem Seidennegligé. Und als sie die Treppe hinaufgeht, frage ich mich, ob nicht solch ein verhüllter Körper in den Händen das größte Verlangen nach Berührung weckt, nicht, um den Leib zu berühren, sondern die Traumvorstellung, die Bewegung als solche zu ertasten. Manche Frauen sind sich dieser Dinge sehr bewußt. Aber sind sie es die ganze Zeit? Zu jeder Tagesstunde? In jeder Situation? Jedem Menschen gegenüber? Und plötzlich macht meine Schwester oben auf der Treppe eine halbe Drehung, so plötzlich, als wollte sie mich ertappen, als wollte sie wissen, ob ich ihr nachgesehen habe und wie. Meine Schwester dreht sich auf der Treppe nur herum, um mir noch einmal zu sagen, »Denk an Mama«.

Ich bleibe verunsichert und allein an dem ovalen Tisch sitzen, starre auf den Honig, den Ziegenkäse, den Hagebuttentee und denke an meine Mutter. Der Butler bringt auf einem Tablett das drahtlose Telephon; es ist ein Apparat mit winzigen Tasten, ich drücke sie hastig und ohne richtig hinzusehen, mit dem stillen Wunsch, mich zu verwählen. Ich höre es einmal, zweimal, fünfmal klingeln, Telephon bei alten Leuten. Mama nimmt ab, sagt aber nichts, sie sagt nie etwas, wenn sie ans Telephon geht, weil sie es vulgär findet, wenn eine Frau »Hallo« sagt. Ich sage »Mama« und spüre, wie sie den Hörer ans Ohr preßt, um das Zittern ihrer linken Hand zu unterdrücken. Der Butler kommt mit einem Servierwagen herein, fragt, »Sind Sie fertig?« und räumt die Teller ab, stellt jeden einzeln auf den Wagen. Ich sage noch einmal »Mama«, weiß aber auch nicht viel mehr zu sagen, und der Butler knüllt die in Schiffchenform gefaltete Serviette zusammen, die ich unberührt vor mir habe liegen lassen. Mama hat offensichtlich nicht begriffen, daß ich es bin, und kurz darauf wird die Verbindung unterbrochen. Der Butler schiebt mit einer Art Spatel die Cream-Cracker-Krümel auf dem himmelblauen Tischtuch zusammen, während ich mir ein paar Worte in den Hörer ausdenke.

2 Ich komme mit einem Packen Geld in jeder Hosentasche zum Busbahnhof, vier Bündel kleine Scheine, der Kassierer in der Bank wollte mir den Scheck unbedingt so auszahlen. Die Hose sitzt eng, und die Ausbeulungen fallen auf. Ich finde eine freie Toilette und zähle das Geld für die Fahrkarte ab. Der Mann am Schalter prüft jeden Schein, Vorder- und Rückseite, obwohl sie weder sehr alt noch besonders neu sind. Mit der Fahrkarte in der Hand schlendere ich von einem Bussteig zum nächsten, damit ich nicht so exponiert bin. Ich gehe geradeaus zwischen den Leuten hindurch, aber es hat den Anschein, als ob ich ständig denselben Menschen begegnete. Und diese Menschen scheinen sich auch zu wundern, daß ich so oft an ihnen vorbeikomme. Ich schließe mich wieder in der Toilette ein und warte ab, bis der Bus abfährt.

In diesem Bus empfiehlt es sich, nicht einzunicken. Neben mir hat sich ein dünner Kerl in kariertem Hemd hingesetzt, den ich schon an einer Säule hatte lehnen sehen. Wir sitzen Schulter an Schulter auf einer Bank, und ich kann sein Gesicht nicht richtig sehen. Seine Hände kann ich sehen, aber das sind einfach ganz normale schmutzige, gefaltete Männerhände. Mit der Besonderheit, daß er von Zeit zu Zeit die Finger der rechten Hand anhebt, jeden für sich, was den Eindruck erweckt, als rechnete er etwas nach, und sie alle gleichzeitig wieder senkt. Sofort danach hebt er die ganze Hand, legt jeden Finger einzeln zurück und rechnet das Ganze noch einmal rückwärts durch. Er trägt Strandlatschen und reibt den großen Zeh am Nebenzeh, als ob er mit den Füßen Geld zählte. Er hat keinen Koffer, keine Tasche, keine Mappe, keine Zeitung, kein Comicheft dabei, er wirkt nicht wie einer auf Reisen; aber es ist ja auch noch keine Reise, diese eine Stunde und fünfzehn Minuten Kurven und Steigungen bis zum Posto Brialuz, wo ich aussteigen will. Ich sage »Entschuldigung«, und er muß aufstehen, um mich vorbeizulassen. Ich rufe dem Fahrer »Posto Brialuz« zu, und als der Bus bremst, kommt der karierte Kerl durch den Gang gesaust und reißt mich fast um. Ich steige aus dem Bus, er hinterher. Ich gehe vier Schritte auf dem Gras und drehe mich unvermittelt um, etwa so, wie ich es bei meiner Schwester gesehen habe. Aber der Kerl hat schon die Straße überquert und klettert den steilen Hang hinauf, der woandershin führt.

Daß das Gartentor zum *sítio*, unserem Besitz auf dem Land, offensteht, verwirrt mich. Ich denke an die Tore der Wohnanlage, und einen Augenblick lang ist dieses weitgeöffnete Gattertor noch unüberwindbarer. Ich habe das Gefühl, wenn ich durch dieses Gattertor gehe, werde ich nicht einen Ort betreten, sondern alle anderen verlassen. Von hier aus kann ich das ganze Tal und seine Umgrenzungen überblicken, aber trotzdem ist es so, als ob das Tal die Welt umschlösse und ich jetzt einen Ort außerhalb davon betreten würde. Nach dem albernen Zögern wird mir klar, daß ich mir genau dies wünsche. Ich setze einen Fuß auf das Gelände des *sítio* und bin weg. Ich setze einen Fuß auf das Gelände des *sítio*, und um sicherzugehen, will ich das Gattertor hinter mir schließen. Allerdings sitzt es im Erdboden fest, tief in den trockenen Lehm eingegraben. Als ich das letzte Mal vor fünf Jahren von hier weggefahren bin, muß ich das

Gattertor offengelassen haben, und seitdem hat es niemand mehr zugemacht.

Ich bin weggefahren und habe fünf Jahre lang nicht mehr daran gedacht. Daß sich in meinem Kopf kein Gedanke an den *sítio* gerührt hat, erklärt vielleicht eher als die lange Dürre, warum das Licht jetzt so hart, die Landschaft so eintönig ist. Nachdem ich das Tor hinter mir habe, finde ich keinen Zugang mehr. Die Dunkelheit, die unten im Talgrund aufzieht, kann mir ein Schlupfloch bieten. Noch scheint die Sonne auf die Bergspitzen, und die Dunkelheit kriecht wie Öl an den Hängen hoch. Ich setze mich auf den runden Felsen, auf dem ich immer gesessen habe, als ich klein war, als ich glaubte, daß die Dunkelheit zuerst das Tal ausfüllte und anschließend auf die Erde und den Himmel überquoll.

Als es ganz dunkel ist, vollkommen dunkel, ohne Mond und ohne Sterne, ohne Zauber, einfach dunkel, steige ich vom Felsen und gehe die schmale Erdstraße hinunter, weiter ins Gelände hinein. Die Straße verläuft schnurgerade, bis sie auf den Bach trifft und ihn kreuzt. Aber ich höre keinen Bach. Genaugenommen weiß ich nicht mehr, ob ich auf festen Erdboden oder auf einen bewachsenen Pfad trete. Die Wahrscheinlichkeit, daß der Bach ausgetrocknet ist und Buschwerk die Erdstraße überwuchert hat, ist größer, als daß ich mich auf dem *sítio* verlaufe. Aber von irgendwo kommt Musik, die mich die ganze Zeit irritiert. Es dauert, bis mir das aufgeht, denn hier auf dem Land hat es noch nie Musik gegeben; aber da ist Musik, viele Melodien, die alles ringsum mit der Kraft durchdringen, die Musik im Dunkeln besitzt. Fast von ihr in die Irre geleitet, erreiche ich die Bohlenbrücke über den Bach.

Ich überquere die Brücke, und auf der anderen Seite ist nur noch der Bach zu hören, das Wasser verschluckt die Musik. Im Haupthaus des *sítio* flackert ein schwaches Licht, aber das brauche ich nicht, um den Weg in die Talsohle zu finden, von wo in meiner Vorstellung die Dunkelheit ausströmte. Und ich bin nicht mehr weit von meinem Ziel, als ich das erste Knurren höre. In dieser finsteren Einöde kann ich nur in Richtung Haus fliehen, aber die zunehmende Lautstärke des Gebells vermittelt mir das Gefühl, daß ich auf die Hunde zulaufe. Und da ich in Wirklichkeit weglaufe, kommt es mir doppelt schnell vor; in Gedanken sehe ich mich mit der Meute zusammenstoßen, wie ein Zug, der auf einen anderen prallt. Ich werfe mich gegen die Vordertür, die von innen mit einem Vorlegebalken gesichert ist. Ich laufe um die Terrasse herum, stürme in die Küche, und im selben Moment verstummen die Hunde.

Der auf dem Hocker sitzende Alte hebt unter großer Anstrengung den Kopf, und das dauert genau so lange, wie ich brauche, um unseren alten Hauswächter zu erkennen. Er hat sich die Haare wachsen lassen, bis auf den weißen Ansatz sehen sie aus, als hätte man sie in einen Eimer Teer getaucht. Seine Gesichtshaut wirkt dadurch noch bleicher und welker, als sie schon war, und er starrt mich mit einem fragenden Ausdruck an, den ich nicht deuten kann; vielleicht fragt er sich, wer ich bin, vielleicht fragt er mich, ob ihm das gefärbte Haar steht. Eigentlich will ich ihm auf den Rücken klopfen und sagen, »Wir haben uns ja Jahre nicht gesehen, Alterchen«, aber die Vertraulichkeit würde falsch klingen. Mein Vater wäre hereingekommen und hätte dem Alten donnernd ins Gesicht gelacht, ihm über das fettige Haar gestrichen, vielleicht hätte er gegen den Hocker getreten und gesagt, »Steh auf, du Halunke!« Mein Vater hatte Talent, mit den Hausangestellten herumzuschreien; er beschimpfte sie, warf sie raus, holte sie zurück, entließ sie wieder, und auf seiner Beerdigung waren alle da. Wenn ich sage, »Wir haben uns ja Jahre nicht gesehen, Alterchen«, kann das beleidigend klingen, denn es ist eine andere Sprache.

Ohne Vorwarnung macht der Alte einen Satz wie ein Frosch, kommt mitten in der Küche zum Stehen und zeigt auf mich. Er hat seine Shorts unterhalb der Taille mit einer Schnur zusammengebunden, seine grauen Beine sind noch muskulös, die Fesseln schlank; als ob er zu einer Mischrasse gehörte, die nicht gleichmäßig altert. Dann kommt er federnd wie ein Fußballspieler näher, aber mit eingefallenem Brustkorb und hängenden Schultern, Hautfalte am Hals, im dicklippigen offenen Mund drei Zähne, die blauen Augen inzwischen tränennaß. Und er umarmt mich, küßt mich, tritt einen Schritt zurück, steht da und sieht mich an wie ein Blinder, sieht nicht in meine Augen, sondern rund um mein Gesicht herum, als suchte er nach meiner Aura. »Gott segne dich, Gott segne dich«, sagt er. Dann fragt er, »Was ist mit Osbênio? Und mit Clauir?«, und ich begreife, daß er jemand anderes erwartet hat, einen Verwandten vielleicht.

Ein Büschel grüne Bananen auf dem Küchenfußboden erinnert mich daran, daß ich den ganzen Tag nur Tee und Kekse zu mir genommen habe. Im Kühlschrank, einem wuchtigen, von oben zu öffnenden Möbel, finde ich einen Krug mit Wasser, einen Topf Reis und eine Schüssel Guavenkompott. Ich lasse mich mit der Schüssel an dem Tisch nieder, an dem früher die Hausangestellten aßen. Der Alte errät, daß ich eine Weile auf dem Land bleiben will, und ist abermals gerührt. Er läßt sich auf den Stuhl neben mir fallen, und wieder werden seine Augen feucht, diesmal von Kummertränen. Dann erzählt er, daß seine Frau vor zwei Jahren gestorben ist, daß er selbst sehr krank ist, daß seine Kinder irgendwohin verschwunden sind. Er hält sich ein Nasenloch zu, schneuzt aus dem anderen und erzählt, daß nur die Enkelkinder bei ihm geblieben sind. Daß unterdessen die anderen, die von auswärts, hergekommen sind und alles vereinnahmt haben, die Scheune, das Wächterhaus, das Gästehaus, und daß sie merkwürdige Leute eingestellt und den Pferdestall abgerissen und die Pferde aufgegessen haben. Und daß die anderen, die von auswärts, nur darauf warten, daß er stirbt, damit sie das Haus in Besitz nehmen können, deshalb schläft er da in der Speisekammer, die Enkel sind aufs Wohnzimmer und die Schlafräume verteilt. Er erzählt, daß die Herrschaften sich nie sehen lasssen, aber wenn sie mal kommen, dann werden sie einen schönen Ärger erleben.

Ich lege dem Alten ein Bündel Geldscheine für die Verpflegung auf den Tisch, doch bevor ich etwas erklären kann, zieht er einen Rucksack unter dem Tisch hervor, wirft das Geld hinein und sagt, »Ist doch nicht nötig, junger Herr«. Er läßt den Rucksack herunter, holt eine große Flasche Undenberg herauf, sagt, »Sie gestatten«, kippt einen Schluck und reicht mir die Flasche, an deren Hals Speichelblasen hängengeblieben sind. Dann macht er wieder einen Satz und sagt, »Ich mache Ihnen schon Ihr Zimmer fertig«. Er rennt durch das Haus, geradewegs zu dem Zimmer, das immer meins gewesen ist.

Ich hätte den Alten die Kinder hinausscheuchen lassen sollen. Als ich das Zimmer betrete, hocken der Junge und das Mädchen hellwach auf der Matte vor dem Fernsehapparat. Der Junge, etwa sieben und mit kahlgeschorenem Kopf, blickt zu mir, ohne mich wahrzunehmen, und wendet sich wieder der Fernbedienung des Videospiels zu. Das Mädchen, etwa acht oder neun, dichte, abstehende Kraushaarmähne, lächelt mich an und hört nicht auf zu lächeln. Ich reiße mir die Sachen vom Leib, sie fühlen sich wie mit trockenem Schweiß getränkt an, und lege mich in Unterhosen auf das Bett, das immer meins gewesen ist, auf die Strohmatratze ohne Laken. Für die Kinder hat der Alte eine gestreifte Auflage mitgebracht, die zu dem Liegestuhl am Swimmingpool gehörte.

Ich hatte nichts gegen die Kinder gehabt, weil ich dachte, ich würde mich hinlegen und einschlafen, aber meine Wimpern zucken vom Widerschein des Videospiels. Auf dem Bildschirm flimmert ein darmähnliches Gebilde, durch dessen Kanäle winzige grüne Tiere rasen. Aus irgendeinem Grund verstopfen die Kanäle gelegentlich, was den Bengel mit dem kahlgeschorenen Kopf veranlaßt, sich mit dem Joystick in den Händen zu verrenken. Daraufhin stoßen die winzigen Tiere gegeneinander, prallen wie Billardkugeln ab und geben Pieptöne von sich. Es kommt vor, daß sie sich an den Kanalwänden in einer Kettenreaktion verkeilen, die den Darm explodieren läßt und dabei Alarmgeklingel und Blitzaufleuchten auslöst. Die winzigen Tiere trudeln über den weißen Bildschirm, und das Spiel geht unzählige Male wieder von vorn los, aber irgendwann gähnt das wuschelköpfige Mädchen, das vorher seinen Bruder ansporнte, ganz laut und steht auf. Ich sehe undeutlich, wie sie vom Fernsehapparat im Bogen um das Bett, um mich herum zur Liegestuhlauflage geht, dann wieder zurück, um ein Gummiband aufzuheben, und gegen das Licht ist es ein junges Mädchen, das vor meinen Wimpern hin und her pendelt. Sie sieht mich an, und ihr Gesicht ist höchstens zehn Jahre alt, den beiden noch fest im Zahnfleisch verankerten Vorderzähnen, den unmöglich zu kämmenden Haaren, der laufenden Nase nach zu urteilen. Aber der kleine Körper in dem knielangen T-Shirt mit dem Aufdruck »Nur Jesus rettet dich«, dieser Körper, der da geht, der jeden Schritt körperbewußt wählt und sich folglich eher stolz denn zielgerecht bewegt, ist der Körper einer erwachsenen Frau.

Das Jucken des Strohs auf meiner Haut, der Druck des Guavenkompotts in meinem Magen, die körperlichen Beschwerden lenken nur von der Schlaflosigkeit ab. Die wahre Schlaflosigkeit setzt ein, wenn der Körper eingeschlafen ist. In halbbetäubtem Zustand kommt das Gehirn auf keine guten Ideen und ist unfähig, sich zum Beispiel gegen das Erscheinen des Mannes vor dem Türspion zu wehren, der ein Freund sein kann, den ich aus den Augen verloren habe und der über alte Geschichten hätte reden wollen und mein Desinteresse nicht ertragen hätte und der, wenn es ein Traum wäre, sich vor Verzweiflung den Bart ausreißen würde und kein Kinn hätte und sich in den Wohnungseigentümer verwandeln würde, der die Miete kassieren kommt. Aber noch ist es kein Traum, und ich bin dem Vermieter nichts schuldig, denn meine Schwester ist meine Bürgin, sie hat sechs Monatsmieten als Kaution vorausgezahlt, und wenn Mama stirbt, gleicht mein Erbteil nicht aus, was ich meinem Schwesterchen schulde, deshalb kann es sein, daß sie meine Anschrift einem bärtigen Anwalt, Justizbeamten, Notar gegeben hat, und der steht vor dem Spion. Ich will gerade in den Traum hinübergleiten, da fällt mir ein, daß ja meine Ex-Frau meine Anschrift hat; ich habe bei ihr zu Hause eine Nachricht hinterlassen, eine förmliche Mitteilung beziehungsweise ironische Information beziehungsweise schroffe Benachrichtigung, und meine Ex-Frau würde doch meine Anschrift nicht in ihr Adreßbuch eintragen, um was?, um sie dem Mann vor dem Spion zu geben, der vielleicht ihr Freund ist, und ich stelle mir diesen Mann mit Bart und Anzug und Krawatte im Bett meiner Ex-Frau vor. Der Freund meiner Ex-Frau, was sollte der von mir wollen, Ratschläge? Unterhalt? Bekenntnisse? Genugtuung? Ein auf die Vergangenheit Eifersüchtiger? Ein argentinischer Liebhaber meiner Schwester mit langen Haaren, braunem Anzug und Krawatte, der sich mit meiner Ex-Frau oben auf der Treppe dreht? So allmählich setzen sich die in meinem Kopf aufgestauten Gedanken, fügen sich recht oder schlecht ineinander, und es ist eine Erlösung, als das Gedränge der Gedanken aufhört, und langsam schließt sich der Kopf, zieht sich in sich selbst zusammen, der Kopf wird gleichsam von außen hohl. Der Schlaf naht wie ein Schiff von hinten, und um mitzufahren, mußt du abgelenkt sein, denn wenn du zum Schiff schaust, verpaßt du die Reise, du schreckst zusammen und landest wieder da, wo du schon bist. Und der Bengel mit dem kahlgeschorenen Kopf spielt weiterhin schniefend sein Videospiel. Und das wuschelköpfige Mädchen sieht mich weiterhin lächelnd an. Und es ist noch immer nicht Tag.

Jetzt steht das Mädchen von seiner Liegematte auf, bewegt sich pendelnd, kommt ganz langsam näher, dieses Kind will zu mir ins Bett, sie kniet sich hin, beugt sich über mein Gesicht, sie will mich küssen, sie denkt, daß ich schlafe, läßt ihren Atem über meinen ganzen Körper gleiten, rutscht ans Fußende des Bettes, greift nach meiner Hose und leert die Taschen. Ich will reagieren und kann nicht, mein Körper ist eingeschlafen, mein Gehirn, mein Mund ist nicht fähig, »He!« auszusprechen. Das wuschelköpfige Mädchen stößt ihren Bruder an, und beide verziehen sich.

Das Fenster meines Zimmers führt zur Terrasse, und ich habe das Gefühl, daß ich an einer Autorennbahn eingeschlafen bin. Ich gehe an den Fensterladen und zähle etwa zwanzig Kinder, die unter dem Fenster hüpfen und schreien. Ein rotes Motorrad kommt hinter dem Haus hervorgejagt, rast quer über den Hof und die Böschung drüben hinauf, wo es in waagrechter Lage eine weite Kurve zieht. Dann in Sturzfahrt den Abhang hinunter, und im selben Augenblick, als es am linken Hausrand verschwindet, taucht es schon am rechten wieder auf. Es schlägt Funken auf dem zementierten Hof, schießt die Böschung hinauf, zieht die Schrägkurve, stürzt sich hinunter, und dieses Mal rast es in solcher Fahrt, daß es schon auf der einen Seite hervorkommt, noch ehe es auf der anderen verschwunden ist. Zum Abschluß der Rundfahrt saust es über den Zement, stürmt die Böschung hinauf und geradeaus weiter, fliegt sogar ein Stück, als es die ebene Fläche erreicht. Und kommt sofort wieder hinter dem Haus hervor, überwindet die Böschung mit den Rädern in der Luft und hält neben dem Motorrad, das auf der Ebene gewartet hat, denn es sind zwei rote Motorräder.

Jetzt stürmt der alte Hauswächter mit einem Glas Undenberg in der Hand auf den Hof, steckt zwei Finger in den Mund und pfeift nach den Motorrädern. Die Kinder lachen, klatschen in die Hände, werfen mit Zitronen nach dem Alten. Das eine Motorrad peilt ihn an und nimmt auf der Böschung Anlauf. Er hält das Glas hoch, bedeckt sich mit der anderen Hand das Gesicht und verbiegt sich in einer Weise, daß es aussieht, als führe das Motorrad durch ihn hindurch, ohne ihn oder das Glas zu Fall zu bringen. Vom Luftsog ergriffen, dreht sich sein Körper um neunzig Grad, und er bleibt mit dem Gesicht zum zweiten Motorrad stehen, das um den Swimmingpool herumgefahren ist und diagonal heruntergerast kommt. Der Alte taumelt, und das ist seine Rettung, denn das Motorrad hat ein solches Tempo aufgelegt, daß Ausweichen oder Bremsen nicht mehr möglich ist. Die Kinder schreien »olé« und rennen auf den Hof, um den Alten zu feiern, der mit gekreuzten Beinen seinen Undenberg trinkt.

Ich weiß nicht, was mich veranlaßt, aus dem Fenster zu springen und hinter den Kindern herzulaufen. Als ich merke, daß ich in Unterhosen auf dem Hof stehe, kann ich nicht mehr ohne weiteres zurück. Ich muß wenigstens dem Alten die Hand geben, aber er weicht mir aus, sieht durch mich hindurch und geht, auf den Boden des leeren Glases starrend, seitwärts weg. Die Kinder laufen auseinander, und die beiden Motorräder oben auf der Böschung belauern mich. Sie haben mich im Visier, und ich ziehe mich zurück, ohne mich umzusehen. Ich höre das Aufjaulen der Motoren und beeile mich, die

Terrasse zu erreichen. Als ich ins Zimmer klettere, sehe ich, daß sie im Leerlauf die Böschung in Schlangenlinien herunterfahren. Sie stoppen an der Terrasse, gegenüber von meinem Fenster, während ich mich fertig anziehe. Ein drittes Motorrad, das ich bis dahin noch nicht gesehen hatte, kommt mit abgeschaltetem Motor vom Volleyballplatz heruntergerollt und stellt sich zwischen die beiden. Ich kann ihre Gesichter nicht sehen, denn sie tragen Motorradhelme, merke aber sofort, daß der dritte Fahrer den beiden anderen an Hubraum wie Autorität überlegen ist. Sein Motorrad ist viel röter und so breit wie ein Pferd, bestückt mit Bronzenieten, Spiegeln, Aufklebern und Zierat, dazu eine Spiralantenne, die wohl vier Meter lang ist. Er trägt auf sämtlichen Fingern Ringe, und seine Fäuste, die das Licht der Morgensonne reflektieren, wirken wie zusätzliche Scheinwerfer. Er steigt vom Motorrad, die beiden Nebenfiguren machen es ihm nach. Er kommt auf die Terrasse, die beiden anderen immer hinterher, und bleibt drei Schritte vor meinem Fenster stehen. Mit geradezu zarter Stimme fragt er, wer ich bin und was ich auf diesem Besitz suche. Mir schießt allerlei durch den Kopf, aber ich finde keine gute Antwort. Ich sehe mich um, denke an den Alten, aber der Alte ist nicht da. Der Beringte fragt, für wen ich mich eigentlich halte und was ich, verdammt, auf diesem Besitz zu suchen habe. Ich sehe, daß die Kinder in einer Reihe auf dem Hügel nahe am Bach stehen. Ich senke den Blick und stehe barfuß da, die Zeit hat nicht gereicht, um mich ganz anzuziehen. Die beiden Komparsen fangen an, mit ihren Stiefeln auf den Terrassenbrettern zu scheuern, als träten sie Zigarren aus, und erzeugen dabei ein unangenehmes Quietschen. Der Chef greift mit einer Hand in das Futter seiner Lederjacke, gleich wird er etwas zücken. Er zückt eine alte Taschenuhr und sagt, ich hätte fünf Minuten, um zu verduften.

3 Das Geld für die Rückfahrt in die Stadt hat mir der alte Hauswächter gegeben, ein paar zerknüllte Scheine. Am Busbahnhof rufe ich von der Telephonzelle aus bei meiner Mutter an und hänge gleich wieder ein. Ich will unter keinen Umständen zu ihr fahren. Aber gleichzeitig möchte ich mich irgendwo anlehnen, ich brauche eine Dusche, muß mir die Haare waschen. Ich rufe wieder an, wahrscheinlich sitzt Mama im Ohrensessel und blättert in einer Zeitschrift mit Moden, die nichts mehr für sie sind, und ärgert sich vielleicht deshalb über das Telephon. Ich nehme an, daß sie sich erst beim dritten Klingeln erhebt und zum Apparat schleppt, der eine kurze Schnur hat und im Flur steht. Zwischen dem fünften und dem sechsten Klingeln bleibt sie vermutlich stehen, um zu husten, alte Leute können ja nicht gleichzeitig gehen und husten. Erst beim achten Klingeln legt Mama die Hand auf den Hörer, aber irgendeinem Instinkt gehorchend, hänge ich eine Sekunde vorher ein. Ich warte ab, bis sie sich wieder in den Ohrensessel gesetzt hat, und rufe erneut an. Dieses Mal lasse ich es zehnmal, zwölfmal klingeln, es könnte auch zweihundertmal klingeln, sie wird nicht mehr ans Telephon kommen. Und seit der Rückfahrt aus den Bergen hat mir mein Instinkt die ganze Zeit gesagt, daß ich heute noch bei meiner Ex-Frau anrufen würde.

Auf dem Anrufbeantworter heißt es, daß sie im Zollamt ist, Nummer sowieso, und daß man nach dem Signalton seine Nachricht hinterlassen soll. Ich rufe im Zollamt an, ein Mann mit tiefer Stimme nimmt ab, ich frage nach ihr. Sie meldet sich mit »Hallo«, und ich sage, »Hallo, ich bin's«, womit ich absichtlich riskiere, »Wer, ich?« zu hören. Aber sie sagt ein »Was willst du?«, das keinen Zweifel zuläßt, sie weiß genau, daß ich ich bin. Ich habe nur eine kleine Bitte, und sie antwortet, »Ah ja«. Ich muß sie sofort sprechen, und sie sagt, »Nicht hier«.

Das Zollamt ist eine teure Boutique in einem belebten Shopping-Center im vornehmsten Block der Zona Sul. Ich glaube, sie verkaufen Importmode, ich war noch nie in der Boutique. Jetzt gehe ich hinein, und ich mache keinen guten Eindruck. Eine Frau, die einmal schön war und vermutlich die Besitzerin ist, sieht auf meine Schuhe, statt mich zu bedienen, und taxiert mich. Der blaßgesichtige Verkäufer dreht das Gesicht weg, und meine Ex-Frau macht hinter dem Ladentisch einen Mund, als müßte sie sich das Lachen verkneifen. Ich gehe zu ihr und merke, nein, es ist eine Stecknadel, die sie zwischen den Lippen hält und jetzt diskret in ihre Handmuschel spuckt, um »Warte draußen« zu sagen. Ich gehe würdevoll hinaus, streife dabei mit den Fingern über die Kleider. Die Kleider sind ziemlich achtlos über die Boutique verstreut, nicht um vorzutäuschen, daß sie billig sind, sondern um klarzumachen, daß sie nicht so ohne weiteres verkauft werden.

Meine Ex-Frau rauscht an mir vorbei und sagt irgend etwas von einer Pizza im ersten Stock. Ich würde lieber draußen essen, aber sie hat schon immer die Richtung bestimmt, und jetzt ist sie bereits auf der Rolltreppe und geht die Stufen hinauf. Sie trägt weitgeschnittene Bermudas, aber ich kann erahnen, daß sie noch ihre alte Figur hat. Sie setzt sich im Schnellrestaurant auf einen Hocker, und eine Sekunde lang sehe ich ihre Brüste. Ihre Schultern sind nackt, und ihre Haut ist genau richtig getönt, wie bei Leuten, die an den Strand gehen, sich aber nicht sonnen. Wenn ich ihr all das sagte, was ich in diesem Augenblick denke, würde es sie freuen; aber im nächsten Augenblick hätte ich sie fast gefragt, ob man nicht Krampfadern bekommt, wenn man so den ganzen Tag in einer Boutique steht. Da wir seit sechs Monaten nicht miteinander gesprochen haben oder weil wir uns vorher schon alles gesagt haben oder weil nach diesen sechs Monaten alles, was wir vorher gesagt haben, nur noch Lärm ist, läßt sich das Gespräch nicht so einfach wiederaufnehmen.

Sie sagt, »Was willst du?«, in genau dem gleichen Ton wie am Telephon. Da sie eine Speisekarte in der Hand hält, weiß ich nicht, ob ich mir etwas zu essen aussuchen oder anfangen soll, über mein Problem zu reden. Meine Ex-Frau sieht weder zu mir noch auf die Speisekarte; sie starrt ins Leere, wie jemand, der ins Telephon spricht. Und sagt noch einmal, »Was willst du?«, so gereizt betont wie bei einer schlechten Verbindung. Ich sage, daß ich ernsthaft in der Bredouille stecke, und sie sagt »Ah ja«. Ich sage, daß ich verfolgt werde, und sie sagt »Aha«. Ich sage, daß man mich womöglich umbringen wird, und schaffe es, sie aufzurütteln. Aber statt besorgt oder panisch zu reagieren, sieht sie angewidert aus, als ob Sterben schmutzig wäre. Und sagt, »Du bist noch tiefer gesunken, als ich dachte.«

Ich bestelle Pizza mit Mozzarella, auch wenn ich finde, daß wir beide nicht mehr zu Pizza, zu diesem Schnellrestaurant, diesem Shopping-Center passen. Ich beneide ein wenig die Köpfe, die im Rolltreppenschacht auftauchen, neugierig einer nach dem anderen heraufkommen, Köpfe, die den Hals recken, denen erst ein Körper nachwächst und dann Füße, die im ersten Stock die Treppe verlassen, und dann werden sie zu Menschen mit sich drehenden Köpfen, die reden, blinzeln, lachen und an dreieckigen Pizzastücken kauen.

Schließlich schnalzt meine Ex-Frau mit der Zunge und sagt, es tut ihr sehr leid, aber sie sieht nicht, in welcher Weise sie mir helfen kann. Das »Tut mir sehr leid« klingt wie von Herzen gesprochen, und es ist wankelmütig, ihr Herz. Jetzt bittet sie mich fast, mir helfen zu dürfen. Ganz gleich, was ich sagen würde, sie würde das Gesicht verziehen, aber es tun. Wollte ich Geld, würde sie es mir nicht sofort, aber dann doch geben. Sie brächte es fertig, mich wieder zu Hause aufzunehmen, bis die Gefahr vorüber ist. Und ich bin sicher, bald würde sie wie früher zu mir sprechen, mit dem gleichen Timbre in der Stimme, mit dem sie vor fünf Jahren, als wir uns kennengelernt hatten, immer »Ich liebe dich über alles« sagte. Sie sagte »Ich liebe dich über alles« mitten beim Essen, im Kino, im Supermarkt, vor anderen Leuten; ich fand es merkwürdig, daß sie das dauernd sagte, aber schließlich gewöhnte ich mich daran. Wankelmütiges Herz. Eines Tages kam sie vom Arzt zurück, zog mich an der Hand ins Schlafzimmer, sie war ganz rot im Gesicht und sagte, das Ergebnis sei positiv, sie erwarte ein Kind. Ich begriff nicht. Ich wußte gar nicht, daß sie zum Arzt gegangen war. Und ein Kind bekommen, das war für mein Gehirn eine Nachricht, die eindrang, da drin arbeitete und keine Vorstellung zustande brachte. Keine Ahnung, wie ich in dem Augenblick reagiert habe, ich weiß auch nicht, ob ich überhaupt etwas gesagt habe. Ich weiß nur noch, daß ihr Gesicht blaß wurde, so schnell, wie ich es noch nie erlebt hatte, als wäre alles Blut durch ein Loch herausgelaufen. Sie fragte, ob ich ein gefühlloses Ungeheuer sei. Aber nach einigen Tagen gewöhnte ich mich auch an den Gedanken, ein Kind zu bekommen; am besten eine Tochter, weil man sagt, daß Töchter mehr am Vater hängen. Ich dachte sogar daran, die Kleine nach meiner Schwester zu nennen. Bis dann eines Tages meine Frau am frühen Abend mit einem schrecklichen Gesicht vom Arzt zurückkam, die Schlafzimmertür zuknallte und sagte, sie habe das Kind wegmachen lassen. Sie warf sich laut weinend auf das Bett und fragte immer wieder, »Bist du jetzt zufrieden? Bist du jetzt zufrieden?« Ich glaube, seitdem hat sie mich nicht mehr über alles geliebt.

Meine Ex-Frau sieht alle zwanzig Sekunden auf die Uhr, und ich nehme an, daß sie wegen der Boutiquenbesitzerin unruhig ist. Der Kellner reicht mir die Rechnung, und sie kommt mir zuvor, zieht ein paar Geldscheine aus dem Portemonnaie, und in der Hast läßt sie drei Kreditkarten fallen. Ich begleite sie zurück, und sie verabschiedet sich schon von der Rolltreppe an. Sagt im Gehen ciao, bewegt die linke Hand in der Luft wie beim Maschineschreiben, und ich sage, sie soll meine alte Anschrift vergessen, weil ich mich in einem Aparthotel einmieten will. Sie sagt, »Viel Glück«, aber kurz vor der Boutique fällt mir ein, daß ich noch einen Teil meiner Garderobe bei ihr habe. Sie sagt, es ist nicht viel, sie hat schon alles in einen Koffer gepackt, und der Laufbursche der Boutique kann mir dann den Koffer ins Aparthotel bringen. Eine Dame, die aussieht, als ob sie Bridge spielte, kommt dazu, begrüßt meine Ex-Frau und fragt nach der Tunika. Meine Ex-Frau will mit der Kundin in den Laden gehen, aber ich tippe ihr auf die

Schulter und erkläre, daß ich mich so, wie ein Landstreicher, unrasiert, mit völlig verdreckter Kleidung und ohne Gepäck, nicht in einem Aparthotel anmelden kann, kein Portier der Welt läßt so einen auf ein Zimmer. Sie bittet mich, leise zu sprechen, aber da steht schon die Besitzerin vom Zollamt in der Tür, hinter ihr der blasse Verkäufer, und die Bridgespielerin schwankt, ob sie bleiben oder gehen soll. Meine Ex-Frau öffnet ihre Handtasche, nimmt einen Schlüsselanhänger heraus, ein Acrylherz, sagt, »Dann hol jetzt deinen Koffer und bring mir die Schlüssel zurück«, und schafft es, diese Worte praktisch ohne Lippenbewegungen auszusprechen.

Viereinhalb Jahre habe ich mit dieser Frau zusammengelebt. Aber für mich hieß das, mich mit ihr einsperren, Frühstück im Bett, Telephonhörer neben der Gabel, keinen Fuß vor die Tür setzen. Ein Eis an der Ecke, höchstens mal nachmittags ins Kino, etwas zum Abendessen einkaufen und ab nach Hause. Ich nahm ein paar Stellen an, die sie mir beschafft hatte, in der zweiten Woche wurde ich krank, und ab nach Hause. Im letzten Jahr fing dann sie an zu arbeiten. Ich wandte ein, sie habe einen Hochschulabschluß, sie könne auf bessere Gelegenheiten warten, und sagte, »Du wirst damit nicht zurechtkommen.« Aber sie kam zurecht, besaß Geschick, fand daran Geschmack, wurde Verkaufsleiterin und holte sich nie auch nur einen Schnupfen. Ich wartete zu Hause auf sie. Gewöhnte mich daran, allein in der Wohnung zu sein, lief nackt und singend herum. Ich stellte die Möbel im Wohnzimmer um, nahm mir vor, die Wände zu tapezieren. Inzwischen fand ich die Wohnung ohne meine Frau schöner. Allein zu Hause, konnte ich ungehinderter an meine Frau denken, und meistens stellte ich sie mir außerhalb der Wohnung vor. Manchmal kam sie spätabends heim und ging ins Badezimmer und hantierte in der Küche und schaltete unnötigerweise den Fernsehapparat ein, und das weckte in mir eine Art Eifersucht auf die Wohnung. Ich wollte lieber nichts sehen und tat häufig, als schliefe ich. Morgens ließ ich sie allein aufstehen, Schubladen aufziehen und zuschieben, die Dusche anstellen, den Mixer einschalten und zur Arbeit gehen. Dann erst fing mein Arbeitstag an, der darin bestand, in der Wohnung umherzugehen, an meine Frau zu denken und Sachen zu reparieren. Eines Tages schlug sie die Trennung vor. Ich verstand das und sagte, ich würde auch weiter genauso an sie denken, mein Leben lang. Die Wohnung aufzugeben, das war schon schwieriger. Ich würde mich nicht an die Wohnung erinnern können. Denn die Wohnung liebte ich in der Wohnung, ohne nachzudenken.

Jetzt halte ich wieder die Schlüssel in der Hand, habe es aber nicht eilig; es ist ja nur ihre Wohnung, eine Anschrift, ein Erdgeschoßapartment im Seitentrakt eines L-förmigen Wohnblocks in einer Sackgasse eines feuchten Stadtteils. Von hier ist es ziemlich weit dorthin, und dazwischen liegt mein altes Viertel, die Straßen, durch die ich immer vor meiner Heirat gegangen bin, Apotheken, Bäckereien, Zeitungskioske, Männer und Frauen, mit denen ich redete, von allen wußte ich, wie sie hießen. Mein Mund ist von der versalzenen Pizza trocken. Ich mache in einer Kneipe halt und stelle fest, daß niemand aus meiner Zeit da ist. Der Kellner ist auch neu, und wenn ich ein Bier bestelle und nicht gleich zahle, bedient er mich womöglich nicht. Ich bitte um etwas Leitungswasser, aber er hört mich nicht und wischt weiter mit einem feuchten Tuch über die Resopaltheke. Am Ende der Theke führt ein Gang, durch den man sich nur seitwärts bewegen kann, zu einem scharf riechenden Pissoir. Ein Waschbecken ist auch vorhanden, und ich beuge mich drüber, aber es kommt kein Wasser. An dem Pissoir vorbei führt der Gang weiter zu einem Abstellplatz im Freien, wo sich Kästen voller leerer Flaschen stapeln. Ich bekomme Lust, auf diese Kästen zu klettern. Ich klettere hinauf, komme oben an und atme frische Luft. Die Rückseite der Kneipe grenzt an die Rückseite eines Wohnblocks. Es gelingt mir, die Hände zwischen den Flaschenscherben aufzustützen, die auf dem Mauerkamm einzementiert sind. Wenn ich einen Fuß auf die Mauer setze, dürfte es nicht schwierig sein, den Körper auf die andere Seite zu schwingen. Ich habe nicht die Absicht, auf die andere Seite zu springen. Aber ich sehe auch keinen Sinn darin, von den Kästen hinunterzusteigen, wieder an dem stinkenden Pissoir, dem Kellner vorbeizugehen und auf der Straße zu landen, in der ich schon war, und noch nicht mal am Waschbecken Wasser getrunken zu haben.

Ich springe über die Mauer und gerate auf den Playground des Wohnblocks. Ich gehe schnell eine Treppe hinunter, die in die Garage im Kellergeschoß führt, und glaube nicht, daß mich jemand gesehen hat. Ein Auto ist gerade hinausgefahren, und das Tor zur Straße ist offen geblieben. Draußen auf dem Bürgersteig kommen mir ein paar Jugendliche entgegen, sie reden laut, lachen und schwenken Schlüssel. Ich überquere die Straße und betrete den kleinen Garten eines Hauses, in dem eine Ballettschule untergebracht ist. Ich gehe um das Haus herum, erkenne den Garten dahinter mit den Katappenbäumen und erinnere mich, daß hier ein Bekannter von mir gewohnt hat, der dauernd Partys gab und eine gelähmte Schwester hatte.

Ich kann mich nur an einen einzigen richtigen Freund erinnern. Er war ein paar Jahre älter und sagte, aus mir würde mal was. Er las ständig Zeitungen und Fachzeitschriften, und hinterher erzählte er mir, das seien alles nur Lügen. Er bekam Post aus dem Ausland, hörte klassische Musik, wollte demnächst eine polemische Abhandlung über ich weiß nicht mehr welches Thema veröffentlichen. Er hatte sich eine Desesperanto genannte Sprache ausgedacht, eine Grammatik und einen umfangreichen Wortschatz dazu entwickelt und wollte sie mir beibringen. Eine Zeitlang beschäftigte er sich mit eßbaren Skulpturen; er baute in seiner Wohnung eine ganze Stadt aus Marzipan auf, aber ausgestellt hat er nie. Auch für Vorahnungen hatte er eine Ader; manchmal sagte er Dinge voraus, die ihm selbst angst machten, und verstummte für eine Woche. Und in seiner Vergangenheit gab es anscheinend eine Geschichte, die Leute aus seiner Generation kannten und bewunderten. Von solchen Geschichten hat er mir nie erzählt, und dafür bewunderte ich ihn noch mehr. Wenn er in der Kneipe einen zu viel trank oder schon in gehobener Stimmung ankam, trug er Gedichte vor. An manchen Abenden, im allgemeinen an Samstagabenden, wenn es in der Kneipe voll wurde, ließ er seinen schwarzen Schopf in die Stirn fallen und mußte unbedingt auf französisch rezitieren. Mir war das peinlich, denn er sprach zu laut und sah mich dabei an, und die anderen Leute am Tisch verstanden die Verse nicht. Ich, dachte er, ich könnte den Sinn erfassen. Das Ergebnis war, daß nur wir beide am Tisch übrigblieben, denn die wenigen Menschen, die Gedichte ertragen, können Französisch nicht ertragen.

Ich weiß nicht, was diese Leute von mir, von meinem Freund, von unserer Freundschaft hielten. Aber wenn er klar im Kopf war und Dinge sagte, die für mich Offenbarungen waren, hörten die anderen kaum zu und sahen ihn mit stumpfen Gesichtern an. Als ob nicht ein Tisch, sondern ganze Zeitschichten sie von ihm trennten. Manchmal hatte ich das Gefühl, daß er tatsächlich mit Vorliebe Dinge sagte, die andere erst Jahre später verstehen konnten. Sein Suchen nach Worten, die Pausen und vor allem seine Stimme, die tiefe Tonlage, das alles vermittelte mir den Eindruck, daß er zu den wenigen Menschen gehörte, die mit der Zeit denken und sprechen können. Wenn ich mich allerdings heute zu erinnern versuche, worüber er sprach, höre ich einzig und allein seine Stimme, ohne irgendein Wort. Und daß ich jetzt an meinen Freund denken muß, liegt daran, daß mir beim Sprung vom hinteren Hof einer öffentlichen Schule auf das Grundstück eines zweistöckigen Hauses, das gerade abgerissen wird, einfällt, daß er hier, in genau dieser baumlosen Avenue wohnt oder wohnte, in dem ältesten Hochhaus des Viertels, einem zurückgesetzten grauen Hochhaus mit einer Kneipe nebenan.

Ich nehme mir vor, gleich weiterzugehen. Es ist drei Uhr nachmittags, und höchstwahrscheinlich schläft mein Freund noch. Ich habe ihm nichts zu sagen, er wird sicher auch nicht in der Stimmung sein, den Mund aufzumachen. Ich weiß nicht, ob er überhaupt die Tür aufmachen wird, falls ich hinaufgehe; er wird mich durch den Spion sehen und sich vielleicht totstellen, bis ich wieder gehe. Falls er die Tür aufmacht, bin ich vielleicht überrascht, daß er noch genauso wie vor fünf Jahren aussieht. Vielleicht kommt er mir nur etwas kleiner als früher vor, zwei Zentimeter, falls überhaupt soviel, doch es kann durchaus sein, daß er noch dasselbe Oberhemd lose über der Hose trägt, mit demselben Kaffeefleck auf dem Kragen. Er wird kein einziges seiner schwarzen Haare verloren haben, und sie werden ihm genauso in die Stirn fallen wie damals, als ich ihn zum letztenmal gesehen habe. Ich werde fast das Verlangen haben, ihn zu umarmen, in seine Wohnung zu gehen, wie ich es immer getan habe, mich auf dem Sofa im Wohnzimmer auszustrecken und bis morgen zu schlafen. Aber wenn ich ihn aufmerksamer ansehe, wird mich seine Statur vielleicht doch wieder verwirren; mein Freund war größer, eine Spur nur, aber immerhin. Es wäre normal, daß er nach fünf Jahren in den Schultern schmaler geworden ist, einen Bauch angesetzt oder eine etwas krumme Wirbelsäule hat. Aber er wird aufrecht dastehen, als hätte man ihm einfach zwei Zentimeter aus dem Schienbein gesägt. Und das wird mir nicht ehrlich vorkommen. Ich werde nicht wissen, wie ich mit einem umgehen soll, der auf mich wie eine Kopie meines Freundes wirkt. Der sich mit der Hand über das Haar streicht, wie er es immer getan hat, was mich nervös machen wird, denn je perfekter die Kopie ist, um so mehr wird sie mir wie Betrug vorkommen. Und der sich auf der rechten Seite auf die Zunge beißt, wie er es immer getan hat, wenn ihm etwas nicht gefiel, denn vielleicht hat er auch den Verdacht, daß ich eine Kopie bin. Und der mich da stehen sieht und mir, obwohl er weiß, daß ich einen bitteren Geschmack im Mund habe, kein Glas Wasser anbieten wird. Und der mit verstellter Baritonstimme »Entschuldigung« sagen und mir die Tür vor der Nase zuschlagen wird.

Ich sehe Getümmel vor dem Haus meines Freundes. Menschentrauben, ein Gefangenentransporter, zwei Streifenwagen, ein Leichenwagen, mehrere Übertragungswagen mit Reportern, Polizisten, die den Verkehr umleiten. Von den Umstehenden erfahre ich, daß ein Verbrechen geschehen ist, jemand ist erstochen oder erwürgt worden. Die Sirene eines zweiten Gefangenentransporters kommt näher, und das Gedränge schiebt mich schließlich mitten ins Geschehen. Ein rotes Seil sperrt den Bürgersteig vor dem alten Gebäude wie eine Art Boxring ab. Das Fernsehen interviewt den Hauswart unter der Markise am Hauseingang. Die Szene muß miserabel zu filmen sein, denn der Hauswart hält den Blick gesenkt und nuschelt, er wirkt, als sei er schon verurteilt. Erst denke ich, daß er der Täter ist, aber dann merke ich, daß er sich nur furchtbar geniert. Der Reporter fragt, ob das Opfer häufig Besuch von jungen Männern hatte, und der Hauswart nickt mit dem Kopf, mehr ein Geständnis denn Bestätigung. Das Interview wird von einer kleinen Frau mit Indiozügen und Kopftuch gestört, die sich von einem Polizisten losreißt, sich auf den Hauswart stürzt und schreit, »Sagen Sie, daß Sie meinen Sohn kennen, Sie Mistkerl!« Der Polizist hebt die kleine Frau hoch und setzt sie jenseits der Absperrung ab. Sie kriecht wieder unter dem Seil hindurch, und jetzt wendet sie sich an die Zuschauer. Ruft, »Ist das Fernsehen nicht hier?« und dann, »Will mich niemand interviewen?« Ein junger Bursche, der sich als Zeitungsreporter vom *Diário Vigilante* vorstellt, fragt, was der mutmaßliche Täter am Tatort wollte. Sie sagt, »Was heißt hier mutmaßlicher Täter?« und »Was heißt hier Tatort?«, sie sagt, »Mein Sohn wollte zu mir, als er ins Haus wollte, haben sie ihn verhaftet, wenn er der Täter wäre, wäre er doch weggelaufen«, und dann, »Wo gibt's denn so was, daß ein mutmaßlicher Täter ins Haus wegläuft?« Von da ab stehe ich ohne weiteres auf der Seite der Indiomutter. Der vom *Diário Vigilante* will die nächste Frage stellen, aber sie unterbricht ihn und sagt, daß sie seit fünfzehn Jahren im 204 arbeitet, daß alle wissen, wer sie ist, daß der Mistkerl da ihren Sohn kennt und ihn nicht in Schutz nimmt, weil er was gegen Farbige hat. Wieder will sie auf den Hauswart losgehen, wird aber vom Polizisten abgefangen. Ein anderer Fernsehreporter fragt den Hauswart, ob das Opfer homosexuell war. Der Hauswart brummelt, »Also, das weiß ich nicht, gesehen hab' ich nie was.« Die Indiofrau antwortet dem Radio Primazia, daß man ihren Sohn verhaftet hat, weil er keine Papiere bei sich hatte. Sie sagt, »Mein Sohn kam gerade vom Strand zurück, an den Strand gehen ist doch kein Verbrechen, kein Mensch geht mit seinen Arbeitspapieren in der Badehose an den Strand.« Hinter mir sagt einer, daß er auch von der Zeitung ist, und fragt, »War die Tunte eigenlich Künstler oder was?« Sie antwortet, »Tunte, also, ich weiß nicht, ich glaube, er war Sportlehrer.« Der Reporter von TV Promontório nähert sich mit den Worten, »Wir lassen auch die Mutter des Hauptverdächtigen zu Wort kommen.« Da verliert die Indiofrau die Fassung, packt den Reporter am Revers, bricht vor dem Mikrophon in Tränen aus und schreit, »Er ist kein Verbrecher, mein Sohn ist ein anständiger Junge!«, aber der Kameramann, der auf dem Verdeck des Kombi steht, ruft, »Das war nichts, der Akku ist leer, nimm 'ne neue Batterie!« Die Indiofrau hört auf zu weinen, sieht zu den Presseleuten und sagt, »Ausgerechnet mein Sohn, dabei ist er doch krank, und der soll einen Sportlehrer erwürgt haben.« Der Reporter von TV Promontória kommt zurück und fordert sie auf, den vorigen Satz noch einmal zu sagen, den fand er richtig stark. Ich habe mir gewünscht, daß sie das nicht wiederholt, aber das nützt jetzt nichts mehr, sie weint schon, noch lauter als vorher, und schreit, »Er ist kein Verbrecher! Mein Sohn ist ein anständiger Junge! Ein ordentlicher, fleißiger Junge!« Mir wäre es lieber gewesen, sie hätte diese Szene nicht gespielt, denn sie ist konfus geraten und wird ihren Sohn im Fernsehen noch mehr belasten. Und genau in dem Augenblick, als sie sagt, daß ihr Sohn ordentlich und fleißig ist, erscheint der Junge im Hauseingang, und die Kamera erwischt ihn, wie er in einem elastischen Badeslip mit Leopardenmuster den Bürgersteig entlanggeht. Er ist schwarz, das Vierfache der Mutter, allerdings eher schwammig als muskulös. Er geht, von den Polizisten vorwärtsgeschubst, in Handschellen, den Körper vorgebeugt, aber das Gesicht reckt er hoch und lacht. Er lacht in die Kamera auf dem Autoverdeck, er lacht zu den Fenstern der Nachbarn, er lacht ins Leere, er lacht zur Sonne, und ich glaube, das da auf seinem Mund ist gar kein richtiges Lachen. Die Mutter versucht, ihn festzuhalten, ein Mädchen ruft, »Geiler Typ!«, eine andere ruft, »Hey, du Kiffer!«, und der

Junge wird in den Gefangenentransporter hineingestoßen. Die Mutter schreit auf und kratzt mit den Fingernägeln über die rückwärtige Wagentür, als wollte sie durch die Ritzen hinein. Endlich hat sie es geschafft, wird verhaftet und im zweiten Gefangenentransporter eingesperrt. Die beiden Fahrzeuge lassen die Sirenen aufheulen und fahren unter Gejohle davon.

Zwei Männer in Kitteljacken vom Gerichtsmedizinischen Institut kommen jetzt aus dem Gebäude und tragen die in Decken und Laken gewickelte Leiche heraus, und alle ringsum Stehenden, selbst die Leute in der Kneipe, verstummen. Ich höre die Stille geradezu strömen, es ist, als ob die Stille von unten aus dem Erdboden herkäme und der Erdboden sich wie ein Teppich aufrollte und sämtliche Geräusche bis auf die andere Seite der Avenue erstickte. Der Leichnam wird direkt an mir vorbeigetragen. Der erste, ein Mann mit einer dicken Nase, hält ihn unter den Achseln und läßt den Kopf wie einen Sack baumeln. Der zweite hat ihn hinter den Knien umfaßt, und da er schwankend geht, drückt und zieht er an ihm wie an einem Blasebalg. Die Füße des Toten sind nicht bedeckt, und es sind gepflegte Füße, nur an den Fußsohlen etwas schmutzig, aber diese Füße kommen mir riesengroß vor, es sind Füße, die vermutlich Größe sechsundvierzig, siebenundvierzig getragen haben. Der Leichnam wird in ein Fach im Leichenwagen geschoben. Ich hatte erwartet, daß Blut tropft, aber es hat nichts getropft.

Mit der Abfahrt des Leichenwagens kommt der Straßenverkehr wieder in Gang. Die Fernsehteams fahren weg, das Absperrungsseil wird abgenommen, die Leute setzen sich in Bewegung, und der Hauswart scheint den plötzlichen Entzug des Ruhms zu verspüren, auch wenn er ein schüchterner Künstler war; er hebt den Kopf und sieht sich nach allen Seiten um, ehe er sich ins Gebäude zurückzieht. Übrig bleiben nur ein Streifenwagen, der mit zwei Reifen auf dem Bürgersteig steht, und zwei Polizisten am Hauseingang. Wenn ich jetzt hineinginge, um meinen Freund zu besuchen, würden sie mir bestimmt Fragen stellen. Ich gehe in die Kneipe nebenan, und auf dem Tresen drängeln sich die Ellbogen. Hinten gibt es ein Pissoir, aber das Waschbecken ist aus der Wand gerissen.

Auf dem Weg zur Wohnung meiner Ex-Frau ist der Durst, den ich hatte, von entsetzlichem Harndrang abgelöst worden. Der in Gedanken ausgetrunkene Kanister läßt mir fast die Blase platzen, während ich vergeblich mit dem Schlüssel in der Tür kämpfe, die einmal meine eigene war. Es dauert, bis ich begreife, wie das Schloß funktioniert, es muß ausgewechselt worden sein und schließt jetzt rechtsherum auf und mit drei Umdrehungen, und ich halte es nicht mehr aus, ich bin wenige Meter vom Ziel entfernt, der Urin hat Bescheid bekommen und nähert sich bereits durch seinen Kanal. Ich renne durch das Wohnzimmer, ziehe unterwegs den Reißverschluß herunter, hinein ins Badezimmer, aber nein, das ist die Küche, doch da läßt sich der dicke Urinstrahl nicht mehr bremsen, ergießt sich auf den Marmorspültisch und in das rostfreie Stahlbecken voller Geschirr von gestern und Gläser mit Rotweinresten. Auf die schmerzhafte Erleichterung folgt Ekel. Ich öffne den Kühlschrank auf der Suche nach Wasser, und mir schlägt der süße Geruch von Guaven entgegen. Benommen gehe ich ins Wohnzimmer zurück und habe das Gefühl, daß es seitenverkehrt ist. Daß man die beiden Fenster zugemauert und in die gegenüberliegende Wand zwei neue gebrochen hat.

Die Wasserhähne wollen sich auch nur andersherum drehen, eine Laune, der ich widerstrebend nachgebe, mit dem Gefühl, in der Seele Linkshänder zu sein. Das Wasser aus der Dusche fällt in scharfem Strahl auf meine Haut und läuft nicht herunter, es prallt ab. Mit Geduld gelingt es mir, die Warmkaltmischung des Wassers einzustellen, und dann erkennen wir uns langsam wieder, meine Dusche und ich. Und ihre und meines Körpers Eigenheiten finden jetzt wieder zueinander. Ich ziehe den Vorhang vor die Kabine, und der Dampf verschlingt mich. Ich verliere meinen Körper und alles andere immer mehr aus den Augen. Mein Freund hat einmal in der Sauna gesagt, daß diese Bäder in der Antike als lakonische Bäder bezeichnet wurden. Kann sein. Ich weiß nicht, was das eine mit dem anderen zu tun hat. Ich weiß nur, daß es einige Jahre dauern wird, bis ich wieder so eine Dusche wie diese hier finden werde. Das wird nicht so einfach sein. Die Dusche in meiner Wohnung hatte einen wohlgeformten, ordentlichen, richtigen, kräftigen Strahl, es war eine hirnlose Dusche. Hier nicht, hier fühle ich mich rundum erfüllt. Apropos, vielleicht waren die Leute in der Antike nicht so träge, wie man meint, und verbrachten gar nicht gern so lange Zeit mit Denken im Bad. Lakonische Bäder. Von mir aus könnte ich den Rest meines Daseins im Dampf verbringen. Aber ich glaube, es ist besser, eine kleine Pause zu machen, denn meine Füße sind irgendwie weich und schwer. Ich fühle, daß mir das Wasser bis zum Schienbein steht. Ich sehe nach, die Kabine hat scheinbar keinen Boden. Ich drehe die Dusche ab, lasse den Dampf abziehen und stelle fest, daß der Boden in der Kabine eine schwarze Wasserlache ist. Vermutlich ist alles verstopft. Ich sehe das braune Wasser auf den Badezimmerfliesen, schmutziggelblich strömt es ins Wohnzimmer. Vorsichtig steige ich aus der Kabine. Auf dem Halter im Badezimmer hängen zwei Handtücher. Die anderen bewahrt sie wahrscheinlich im Schlafzimmerschrank auf. Mit fünf oder sechs Handtüchern, überlege ich, kann ich wohl einen Damm zum Wohnzimmer bauen und die Katastrophe verhindern. Ich öffne den Schlafzimmerschrank, und mein Blick fällt im Spiegel an der Türinnenseite auf meine modrigen Fußabdrücke auf dem perlweißen Teppich. Sie wird denken, das war Absicht. Ich muß weg. Ich kann hier nicht herumtrödeln. Mein Koffer steckt wahrscheinlich hinten im Schrank. Um an meinen Koffer zu kommen, muß ich ihre Kleider aus dem Schrank nehmen. Ich sehe ein Tweedjackett, offensichtlich ein Herrenjackett, aber mir gehört es nicht. Die Kleider liegen im Zimmer verstreut, genau wie in der Boutique. Sie kann nur denken, daß es Absicht war. Aber der Koffer ist nicht hinten im Schrank. Es nützt nichts, hier herumzutrödeln. Ich muß den Koffer finden. Ich setze mich auf das Bett, das einmal unseres war. Sie hat nicht gesagt, wohin sie den Koffer gestellt hat.

4 Es nützt nichts, hier herumzutrödeln. Ich kann mich nicht ewig vor einem Mann verstecken, den ich nicht kenne. Ich muß herausbekommen, ob er vorhat, mich weiterhin zu verfolgen. Wenn dieser Mann keine Lust mehr hat, noch länger zu klingeln, und weggeht, werde ich vom Bett aufstehen und hinter ihm hergehen. Inzwischen wird es dunkel geworden sein, er wird seinen Dienst für heute beenden und beschließen, zu Fuß nach Hause zu gehen. Er wird müde sein, sein Rücken ist schon etwas krumm, und er wird wieder mal über einen vertanen Arbeitstag klagen. Er wird in einem Reihenhaus nicht weit von hier wohnen, aber sobald er einen Fuß hineingesetzt hat, wird es Morgen sein. Durch das Fenster werde ich sehen, wie er gerade angekommen ist und sich schon wieder von seiner schwangeren Frau verabschiedet. Die schwangere Frau wird nie wissen, ob er sich bückt, um sie zu küssen, oder ob er nur immer krummer wird. Er wird aus der Häuserreihe herauskommen und die Straße überqueren, ohne mich zu sehen. Er wird in seine Firma gehen, ein Hochhaus mit fünfundfünfzig Stockwerken, und seine Abteilung wird im dritten Untergeschoß liegen. Man wird mir den Zutritt verwehren, weil ich keinen Betriebsausweis habe, aber ich werde ihn über die interne Überwachungsanlage beobachten können. Er wird den Vormittag damit verbringen, seine Unterlagen mit der Dokumentation im Zentralarchiv abzustimmen, das sich im Erdgeschoß befindet. Er wird viel aufzuarbeiten haben, ganz abgesehen von den Nebenjobs, mit denen er sein Gehalt aufbessert. Er wird den Auftrag bekommen, einen Araber zu beschatten, der in einem Vorort wohnt und den er schon mehrmals erfolglos beschattet

hat. Der Fahrdienst der Firma wird Touren in Vororte verweigern, und der Taxi-Etat wird eingefroren sein. Er wird das Gebäude verlassen und wenig Lust haben, drei verschiedene Busse und einen Zug zu nehmen, um einen Araber zu beschatten, der ständig unterwegs ist. Er wird nicht merken, daß ich ihn zum Kino an der Ecke begleite, in dem ein Porno läuft. Ich werde mir einen Platz in der Reihe hinter ihm suchen und erfahren, wie der Nacken meines Verfolgers aussieht. Bei der Szene mit den beiden Schwangeren wird er rausgehen, er wird bedrückt durch die Stadt laufen und an den Araber denken. Es wird schon Abend werden, als er die portugiesischen Pflastersteine auf dem Bürgersteig vor dem L-förmigen Gebäude erkennt, in dem ich mit meiner Ex-Frau wohnen werde. Da wird er auf die Idee kommen, mich zu beschatten, damit er noch rechtzeitig zum Abendessen zu Hause ist und vor dem Schlafengehen einen fingierten Bericht schreiben kann. Er wird nicht ahnen, daß ich sehe, wie er an meiner Tür stehenbleibt und vor dem Spion seinen Rücken strafft, und der dicke Daumen, der immer auf die Klingeln drückt, wird einen schmutzigen Fingernagel haben. Wenn er an die Tür hämmert, werde ich im Bett liegen. Er wird versuchen, die Tür aufzubrechen, aber ich werde tief schlafen. Ich werde träumen, daß er meinen Namen schreit und die Stimme einer heiseren Frau hat. Sie ist es.

Ich springe aus dem Bett. Meine Ex-Frau kommt in voller Fahrt herein, bringt aber nur ein »Du ...« heraus. Sie hat nicht damit gerechnet, daß ich ihr nackt aufmache, und gerät beim Anblick der Wohnung ins Wanken. Sie sieht sich einmal im Wohnzimmer um, bleibt in der Badezimmertür stehen, geht rückwärts hinaus, taumelt wie betrunken, betritt das Schlafzimmer und sinkt in Tränen aufgelöst aufs Bett. Ich habe gedacht, sie würde »Zufrieden?« sagen, aber sie sagt gar nichts mehr, bleibt auf dem Bauch liegen, schluchzt mit dem ganzen Körper, und ich weiß nicht, was ich tun soll. Ich kann nur auf ihren zuckenden Körper starren, die linke Seite zuckt wesentlich mehr als die rechte, und während ich mir das ansehe, überkommt mich auf einmal großes Verlangen. Ich verstehe dieses Verlangen selber nicht, es ist gegen meinen Willen. Es ist widersinnig, denn wenn sie mich jetzt riefe und mit feuchtem Mund »Komm« oder »Ich gehöre dir« oder »Mach mir mir, was du möchtest« sagte, dann würde ich vielleicht überhaupt kein Verlangen spüren. Aber sie weint vom Kopf bis zu den Füßen, ihre Füße sind nach innen verdreht, und ihre Hände reißen so krampfartig an ihren Haaren, daß es mich erschreckt, ein Erschrecken, das mein Verlangen noch steigert. Eine so niedergeschmetterte Frau zu begehren, das hatte ich nicht gewollt. Und wenn sie mich in diesem Zustand sieht, glaubt sie bestimmt, das ist Absicht. Ich bemühe mich, an anderes zu denken, und mir fällt ein, daß sie unsere Koffer immer unter dem Bett aufbewahrt hat. Meiner ist ziemlich alt, aus Kunstleder. Ich ziehe eine Jeans und ein weißes T-Shirt ohne Reklameaufdruck an und entdecke noch unten im Koffer kaum abgelaufene Turnschuhe in passender Größe, keine Ahnung, ob sie überhaupt mir gehört haben.

Es ist Abend und drückend heiß. Der Koffer ist eigentlich leicht, aber lästig zu tragen, es fällt auf. Ich bleibe am Bordstein stehen und tue so, als wartete ich auf ein Taxi. Ein Taxi bremst, und ich gehe mit dem Koffer weiter, wie um mir die Hausnummern anzusehen.

Ich biege um die Ecke in eine ruhige Straße; vielleicht nimmt mir ein Straßenräuber den Koffer ab. Ordentlich ausgeschlafen und frisch geduscht, könnte ich jetzt bis morgen hier herumlaufen, ganz ziellos. Aber ein Mann ohne jedes Ziel mit einem Koffer in der Hand ist dem Ziel des Koffers verpflichtet. Er zwingt mich, schief und schnell zu gehen. Als ich mich besinne, befinde ich mich am Fuß der steilen Straßen, die zum Haus meiner Schwester führen. Anscheinend war das der Umweg, den ich gegangen wäre, wenn ich blind wäre. Und dies sind die steilen Hänge, die ich hinauflaufe wie Wasser den Hang hinunter.

Ich bin schon lange nicht mehr abends hergekommen, und als ich von weitem die neue Beleuchtung der Wohnanlage sah, habe ich gedacht, da würde ein Film gedreht. Eine Scheinwerferanlage färbt die Pflastersteine blau, stellt die Bäume unterhalb der Kronen bloß und blendet das Auge des Ankömmlings. Ich kann den Wachposten, der mich nach meinen Personalien fragt, nicht ausmachen. Es ist nicht nur ein Wachposten, es sind mehrere Stimmen, die im Wachhäuschen meinen Namen wie ein Echo wiederholen. Auch die Antwort ertönt mehrmals hintereinander, ich muß mir anhören, »Steht nicht auf der Liste«, »Steht nicht auf der Liste«, »Steht nicht auf der Liste.« Dann höre ich Gelächter, das an- und abschwillt. Und eine Grille verfängt sich in meinem Haar. Ich weiß nicht, von welcher Liste sie reden, ich will nur einen Koffer in Haus 16 abstellen, aber offensichtlich gibt es mit mir ein Problem, denn die Stimmen werden aufgeregter. Sie fragen, was ich in dem Koffer habe, und ehe ich antworten kann, reißt mir eine Silhouette den Koffergriff aus der Hand. Trotz des Rucks bin ich dankbar; der Koffer hat sein Ziel gefunden, und ich bin ihn endlich los. Ich denke, daß ich alles los bin, daß die Stadt auf mich wartet, aber als ich zum Rückzug ansetze, schlagen sich Krallen in meinen Arm und zerren mich zurück in den Lichtkegel. Ein Kerl in einem beigefarbenen Zweireiherjackett nimmt mich in die Arme, dann fährt er mit den Händen meinen Rücken hinunter, tastet meine Gesäßbacken, Lenden, Oberschenkel, Kniekehlen ab und untersucht gerade meine Fußgelenke, als ein großer schwarzer Wagen mit getönten Scheiben vorfährt. Das vordere Fenster öffnet sich einen Zentimeter, und der Mann, der am Steuer sitzt, nennt einen langen Frauennamen. Die Wache findet ihn in Ordnung und setzt das elektronische Tor in Bewegung, aber der Wagen fährt nicht an. Eine Frauenstimme fragt, ob ich mit nach oben fahren will. Ich suche im Lichtschein des Wachhäuschens nach der Frau, aber die Stimme kommt aus der Finsternis im Fond des schwarzen Wagens. Alle Wachposten treten aus dem Häuschen, um auf die Stimme zu reagieren, sagen, »Sehr wohl, Madame«, dann steigt der Chauffeur aus dem Wagen und öffnet mir die hintere Tür zum Einsteigen.

Es ist eine dünne Freundin meiner Schwester, die ich seit vielen Jahren vom Guten-Tag-Sagen kenne, und sie hat ein Opernglas am Mund. Sie fragt, ob ich Whisky pur mag, und bietet mir einen Schluck aus dem Opernglas an. Dann greift sie nach einer Whiskyflasche hinter der Sitzlehne und sagt, meinem Schwager, dem könne man nicht mal in Sachen Alkoholika trauen. Sie versucht, Whisky aus der Flasche in den kleinen Hals des Opernglases zu kippen, aber der Wagen schlingert auf dem Gefälle, sie schüttelt sich vor Lachen, und der Whisky kleckert auf den kurzen Rock ihres Kostüms. Sie sagt, »Ach du Scheiß.« Am Ende des Weges gibt es einen Stau, und sie beschließt, schon jetzt auszusteigen. Sie trippelt auf Pfennigabsätzen über die Pflastersteine. Mit den Schuhen in der Hand und dem Opernglas um den Hals betritt sie die Party.

Hätte ich gewußt, daß meine Schwester eine Party gibt, dann hätte ich mich zumindest rasiert. Ich hätte mir etwas Passendes angezogen, obwohl hier Leute jeder Gattung vertreten sind; die Gattung Bankier, die Gattung Playboy, Botschafter, Sänger, Jugendliche, Architekten, Landschaftsgestalter, Psychoanalytiker, Ballettänzerinnen, Schauspielerinnen, Militärs, Ausländer, Klatschreporter, Richter, Philantropen, Minister, Glücksspieler, Bauunternehmer, Ökonome, Modeschöpfer, Schmuggler, Werbeleute, Rauschgiftsüchtige, Großgrundbesitzer, Literaten, Astrologen, Photographen, Filmemacher, Politiker, und mein Name stand nicht auf der Liste. Ein Teil dieser Gäste sitzt an den runden Tischen, die im Garten aufgestellt sind. Da ich niemanden kenne, kann ich ungehindert um die Tische herumgehen und mir aus Fetzen von Reden, Diskussionen, Gelächter einen Reim machen. Andere gruppieren sich im Stehen auf dem weitläufigen Rasen zu einer Reihe von Kreisen. Ich kann beobachten, wie sich ein Kreis verhält, wie er sich schließt, wie er sich öffnet, wie ein Kreis in einem anderen aufgeht. Ich sehe Zirkel, die sich übermäßig vergrößern, bis sie wie Seifenblasen platzen und neue Gesprächsrunden entstehen lassen.

Ich sehe schläfrige Runden, die nur aufgrund ihrer Geometrie, nicht ihres Gesprächsthemas als Runden erhalten bleiben. Ich versuche, Themen zu verfolgen, die von einer Runde auf die nächste übergreifen und dann auf noch eine und noch eine, wie ein Getriebemechanismus. Es gibt Augenblicke, da scheint sich die ganze Party zu einer Pause zu verabreden, und dann hört man einen Akkord der Band, die drinnen im Haus Tanzmusik spielt.

Ich gehe einen von Fackeln beleuchteten Weg entlang, wo es keine Gruppe mehr gibt; die Leute stehen paarweise zusammen und unterhalten sich gedämpft. Ein junger Mann geht an mir vorbei, in jeder Hand ein Glas Weißwein. Der junge Mann hat ein hübsches Gesicht, etwas zu hübsch, und verschwindet jenseits der Fackeln in einer Senke des Geländes. Der Himmel ist genauso stockfinster wie gestern abend, und ich habe meine Schwester noch immer nicht gesehen. Im Hintergrund hebt sich das schimmernde Rund des Swimmingpools wie ein umgekehrter Brunnen gegen die Finsternis ab.

Ich schlage einen Bogen um den Swimmingpool, den Umkleideraum, den Tennisplatz und merke, daß dort in der Niederung das Laub in Bewegung gerät. Ich will bis ans Ende des Grundstücks gehen, wo es an den städtischen Wald grenzt, aber der Wind treibt mir Sand in die Augen. Ich halte es für unwahrscheinlich, daß meine Schwester dort ist, und stoße fast mit dem zu hübschen jungen Mann zusammen, der mit zerzaustem Haar wieder heraufkommt. Er geht mit den beiden noch vollen Weingläsern an mir vorbei, blickt über meinen Kopf hinweg und weicht auf einen Seitenweg aus, den ich noch nicht kannte. Der Seitenweg endet auf einer Ebene unterhalb des Hauses, wo sich ein zwischen Grundmauern zusammengepreßter Erdwall befindet, eine Stelle, an der sich niemand verabreden würde. An den Fugen zwischen den Stahlpfeilern und der Fundamentplatte der Pyramide sind große Scheinwerfer mit gelbem Licht angebracht, die sämtliche Insekten anlocken und vernichten. Der junge Mann läuft unter der Bodenfläche des großen Salons, die im Rhythmus der Band bebt, unruhig hin und her. Er bewegt sich mit angespanntem Becken, weil er die Gläser balanciert, und verzieht keine Miene, wie ein Photomodell. Vor einem Scheinwerfer bleibt er stehen, wendet mir abrupt das Gesicht zu und wirft die Haare zurück, die ihm in die Stirn hingen. Dann fragt er, »Wie spät ist es?«, aber ich habe ein T-Shirt an, und es ist nicht zu übersehen, daß ich keine Uhr trage.

Ich gehe über die kleine Steintreppe zurück in den Garten, wo eine neue Fuhre Gäste angekommen ist. Ich bahne mir einen Weg zum Haus, und in der Eingangshalle gerate ich in eine Gruppe junger Mädchen, die vom Tanzen kommen und sich in den Ausschnitt ihrer schwarzen Blusen pustend Luft zufächern. Aus dem Garten nähern sich zwei etwa fünfzigjährige braungebrannte, Wodka trinkende Männer, beide haben weiße Schuhe und sehen nach Mitgliedern des Yachtclubs aus. Der größere trägt einen dunkelblauen Blazer mit Goldknöpfen und hat Gel in seinem graumelierten Haar. Der kleine mit Schweißflecken unter den Achseln trägt unter dem Hemd ein Stützkorsett, das seinen Bauch deformiert, statt ihn zu kaschieren, wie er meint; das ist der Mann meiner Schwester, und er zeigt auf mich. Ich dränge mich zwischen den Mädchen in Schwarz ins Haus hinein, will zu einer Toilette, werde aber von einem jungen Mann aufgehalten, der mich zu kennen glaubt. Er schüttelt mich an den Schultern und sagt, »Es stimmte doch! Du hattest recht!« Er sagt noch mehr, was ich aber nicht verstehe, und spricht sehr vehement und rasend schnell, als machte er für mich eine Reportage von einem Pferderennen. Mein Schwager holt mich mit seinem graumelierten Freund ein, dem er mich mit den Worten »Das ist er« vorstellt. Der Graumelierte sagt, es sei immer so, in jeder Familie, die auf sich halte, gebe es einen Ausgeflippten. Mein Schwager will mich verteidigen und sagt, ich sei ein halber Künstler, knufft mich in die Wirbelsäule und sagt, »Stimmt doch, oder?« Er sagt, daß sein Freund ein Haus auf dem Land neben unserem *sítio* besitzt, seine Sommerfrische aber aufgegeben hat, weil sich in der Gegend übles Volk rumtreibt. Sagt, daß der Freund sagt, ich hätte unseren Landbesitz zu einer Räuberhöhle verkommen lassen. Ich sehe einen Kellner vorbeihasten, laufe ihm hinterher, um einen Whisky zu bekommen, und zwänge mich in den Salon, in dem die Leute tanzen und zum Takt der Musik in die Hände klatschen. Ich durchquere den Salon hinter der Band und gelange ins Eßzimmer. Ich steuere aufs Buffet zu und schwanke noch zwischen den Kanapees und auf einem Kohlkopf aufgespießten Shrimps, da höre ich, »Landstreicher, Gauner und Kriminelle.« Mein Schwager sagt, »Das glaube ich nicht«, zieht mich am T-Shirt und fragt, »Wußtest du das?« Der Graumelierte sagt, »Fahr hin und sieh es dir an«, und mein Schwager, »Ich war noch nie da, meine Frau haßt es.« Der Graumelierte sagt, »Das war mal ein

Paradies«, mein Schwager, »Und was sagt die Polizei?«, der Graumelierte, »Ich hab's aufgegeben, Anzeige zu erstatten«, und ich weiß nicht, was sie noch sagen, denn ich sehe mir den zunehmenden Wirbelwind an, der auf den Wegen eine Fackel nach der anderen ausgelöscht hat und jetzt die Gartenmöbel umkippt. Kellner galoppieren mit bunten Tischdecken über den Rasen, als feierten sie eine Meisterschaft.

Ich öffne eine Tür, die zu dem Anrichteraum führt, aber der Kreisel von Tabletts leitet mich in einen anderen, unproportionierten, leeren weißen Raum um, der mir nach einem Jagdtrophäenzimmer ohne Jagdtrophäen aussieht. Von den hohen Wänden scheint die Stimme meines Schwagers widerzuhallen, »Meine Frau haßt es«, »Meine Frau haßt es.« Ich werfe einen Blick in den Wintergarten, den dunklen Patio, auf den ovalen Tisch, die breite Treppe, und da ist auch niemand. Diese Treppe ist verlockend, sie ist breiter als hoch, ein Paar könnte sie im Tanzschritt herunterkommen. Wenn ich jetzt in den zweiten Stock hinaufginge, würde mich niemand sehen, so wie mich auch beim erstenmal niemand gesehen hat.

Es war ein Sonntag zu Beginn dieses Sommers, und ich war überraschend zu meiner Schwester gekommen. Sie war mit Freunden am Swimmingpool, und ich weiß noch, daß sie einen einteiligen weinroten Badeanzug trug. Ich sprang ins Wasser, rieb mich mit Sonnenöl ein, sonnte mich, hielt mich aber abseits, denn es wurde nur über Reisen, Städte und interessante Leute gesprochen, die ich nicht kannte. Ich schlenderte unbemerkt durch die Gartenanlagen, ging ins Haus und trank ein Bier in der Küche, wo ein junger Mann auf einem Gerüst hing und das Fett von den Scheiben wegputzte. Mein Schwager war nicht zu Hause, ich glaube, die Tochter auch nicht, und die meisten Hausangestellten hatten frei. Ich stellte die Stereoanlage an, spazierte in Sandalen durch die Salons und gelangte zu dieser Treppe. Auf einmal ging ich die breite Treppe hinauf. Nicht unbedingt, weil ich es wollte, sondern weil mich das Schlafzimmer meiner Schwester gleichsam rief. Ich weiß nicht, warum, aber mir kam der Gedanke, daß meine Schwester wünschte, ich solle mir ihr Schlafzimmer ansehen, und mir deshalb Familie, Freunde und Hauspersonal aus dem Weg geschafft hatte. Ich ging durch einen Flur voller falscher Türen, ich wußte ganz genau, wo ihr Zimmer lag. Ich hätte gar nicht hineinzugehen brauchen, um zu wissen, wie ihr Schlafzimmer aussah, denn in meiner Vorstellung kannte ich es schon in allen Einzelheiten. Aber Neugier besteht wirklich aus dem, was man dank seiner Phantasie bereits kennt. Ich betrat das noch unaufgeräumte Zimmer und erkannte alles wieder, die Dimensionen, die Temperatur, die Helligkeit, den Pastellton, die orientalischen Bilder an den Wänden. Das Ehebett mittendrin kam mir wie eine sinnlose Einrichtung vor; nie hätte ich mir vorstellen können, daß meine Schwester und ihr Mann im selben Zimmer schliefen.

Heute ist die Tür angelehnt, das Zimmer dunkel, und ich bereue kurz, daß ich eingetreten bin. Die Metallblasinstrumente der Band dringen mit voller Lautstärke hierher nach oben, aber ich bin sicher, daß ich ein Stöhnen gehört habe, das Stöhnen einer bekannten Stimme. Ich spüre, wenn ich mich an das Halbdunkel gewöhnt habe, werde ich zwei Körper auf dem Bett sehen. Der

Mann könnte der Hübsche mit den Weingläsern sein, und er wird sehr weiße Schultern haben. Und die Frau, sie wird sehen, daß ich hier stehe, aber sie wird nicht mehr aufhören können, nicht aufhören wollen, und ihre braunen Haare werden wie ein geöffneter Fächer auf dem Laken liegen, und sie wird mich ansehen, wie sie mich noch nie angesehen hat. Ich werde mich umdrehen wollen, aber wie angewurzelt dastehen. Ich werde den Versuch machen, »Schluß jetzt« zu sagen, aber es werden andere Worte herauskommen. Ich werde beschließen, nichts mehr zu sehen, was naiv sein wird; ich werde die Augen so ruckartig schließen, daß die Lider auf den Boden fallen.

Jetzt kann ich besser sehen, und es ist niemand im Zimmer. Da steht das Bett, makellos, mit großen Kissen und einer Überdecke aus alten Spitzen. An jenem Sonntag stieß mich das Bett ab, die Seite ihres Mannes war völlig verwühlt, und ich betrachtete die Besichtigung als beendet. Ich wollte gerade gehen, da hörte ich Schritte auf dem Flur. Hätte ich meine Schwester darum gebeten, dann hätte sie selbstverständlich ihre Freunde am Swimmingpool allein gelassen und mir bereitwillig das ganze Haus gezeigt. Aber wenn sie mich im Schlafzimmer gefunden, mich mit nasser Badehose in ihrem Zimmer überrascht hätte, das wäre peinlich geworden. Ich stürzte durch eine Tür neben dem Bett und gelangte in ein Ankleidezimmer, das eher ein Wohnzimmer war, mit Blick auf den Innenhof, hell wie ein Aquarium und ohne zweiten Ausgang. Die Schritte hatten das Schlafzimmer erreicht, und ich saß in der Falle. Ich glaubte, sie würde in das Ankleidezimmer kommen, um einen anderen Badeanzug anzuziehen, denn zwischendurch wechseln sie immer den Badeanzug. Und ich hätte mich dann zwischen den Wintersachen versteckt und im Spiegel gesehen, wie sie Anstalten machte, den weinroten Badeanzug auszuziehen. Und sie hätte sich vielleicht im Kreis gedreht und mich aus dem gleichen Winkel erblickt oder vielleicht nur gespürt, daß ich da war, und Lust bekommen, sich ganz zwanglos vor mir auszuziehen. Aber die Schritte im Zickzack durch das Zimmer waren nicht von ihr. Es waren Hausmädchengeräusche, Vorhänge wurden zurückgezogen, Fenster schräg gekippt, Gläser, Aschenbecher, Zeitungen und Beilagen auf dem Fußboden zusammengeräumt. Ich begriff, daß es länger dauern würde, denn es handelte sich nicht um sonntägliches Bettenmachen, darum, Laken durch Zusammendrehen der Ecken unter der Matratze straffzuziehen; da wurden kräftig Laken-Fahnen geschwenkt wie von Zimmermädchen in einem Grandhotel.

Heute betrete ich das Ankleidezimmer zum zweitenmal und weiß auch ohne das Licht anzuschalten, wo ich mich befinde. Ich bewege mich durch ihren Teil des Zimmers und streife Nachthemden, Schleier, Kleider, lasse seidene Ärmel flattern. Ich weiß, daß die linke Wand zur Hälfte von einem Schuhregal bedeckt ist, bei dessen Anblick mir an jenem Sonntag die Augen übergegangen waren: Stiefel, Slipper, Sandaletten, etliche davon in allen Farben. Hinter dem Schuhregal befindet sich eine Nische, an die ich mich gut erinnere, denn dahin hatte ich mich verkrochen, als das Mädchen in das Ankleidezimmer kam, eine ganze Weile mit Kleiderbügeln hantierte und ihre Arbeit beendete. Dort in meiner Ecke stand ein Regal voller Schachteln, ich öffnete sie der Reihe nach und fand noch mehr Schuhe, alle noch ungetragen. Dann öffnete ich eine Art runde Hutschachtel, und darin lag eine weitere, ebenfalls runde Schachtel und dann noch eine und noch eine, wie bei einer russischen Babuschka. In der letzten kleinen Hutschachtel fand ich einen hellen Wildlederbeutel. Ich steckte die Hand hinein und griff in den Schmuck meiner Schwester.

Wenn es in einem Schaukasten liegt oder von einer Frau getragen wird, da kann es vorkommen, daß mein Auge ein edles Juwel nicht erkennt. Aber diese Steine dünsteten gleichsam etwas aus, und meine Hand begriff sofort, welcher Natur sie waren. Die Hand schlief mir da drin schon ein und konnte die Steine nicht mehr loslassen. Ich ließ sie los, band die Wildlederschnur wieder zu einer Schleife und legte den Beutel mit dem Schmuck zurück in die Schachtel in der Schachtel in der Schachtel in der Schachtel. Ich dachte an die Unterhaltung am Swimmingpool, als die Frauen darüber gesprochen hatten, daß hier in dieser Stadt niemand mehr so verrückt ist, echten Schmuck zu tragen. »In Europa ist das völlig normal«, hatte eine gesagt, »selbst in der Metro ist es völlig normal, Schmuck zu tragen.« Was bedeutete, daß meine Schwester für ihre nächste Reise ihren Schmuck aus diesem Wildlederbeutel holen würde. Wenn etwas fehlte, und sei es nur eine Winzigkeit, würde das Zimmermädchen auf die Straße gesetzt. Mit dem Gedanken, ein anständiger Kerl zu sein, verließ ich das Ankleidezimmer. Von weitem verabschiedete ich mich von den Leuten am Swimmingpool, aber ich glaube, nicht mal meine Schwester hörte mich.

Jetzt taste ich das Regal mit den Schachteln ab und

erkenne die Hutschachtel wieder. Ich hebe die diversen Deckel an und streiche über das Wildleder. Den Schmuck auf die vier Taschen meiner Jeans zu verteilen geschieht so schnell wie ein Reflex. So geräuschlos und unauffällig, daß ich es selbst nicht wahrnehme. So wenig geplant, so mechanisch, daß man es vergessen kann. Daß man es leugnen kann, ein Geschehen, das ebensogut nicht stattgefunden haben kann.

Als ich aus dem Ankleidezimmer in das Schlafzimmer trete, sagt eine weibliche Stimme »Hallo«, und ich erstarre. Dieses Mal liegt wirklich jemand auf dem Bett. Sie kommt barfuß näher, und es ist die dünne Freundin meiner Schwester mit einem Lippenstift in der Hand. Ich denke, daß sie sich die Lippen nachziehen will, aber sie hebt den Lippenstift an die Nase und atmet tief ein. Sagt, »Ach du Scheiß« und wirft den Lippenstift weg. Sie rückt mir auf den Leib und sagt, »Alles verklebt.« Sie umarmt mich, preßt ihre Schenkel gegen meine und spürt bestimmt die Beulen vom Schmuck in meinen Taschen. Ich schiebe sie weg, strebe zur Tür, aber sie ruft, »Hier!« Sie knöpft zwei Knöpfe ihres Kostüms auf, entblößt ihre linke Brust und sagt, »Du kennst mich nicht.« Im Flur höre ich noch, »Ich bin zärtlich!« und »Ich bin ganz wild!«

Die Treppe ist frei, der Wintergarten, das Jagdtrophäenzimmer, und mit einem Satz bin ich bei der Wendeltreppe, die zur Garage führt; zur Garage geführt hätte, denn die Tür ist verschlossen und der Schlüssel abgezogen. Ich bin gezwungen, durch den Anrichteraum zurückzugehen. Dort sehe ich mich von Männern umringt, die in eine andere Umgebung zu gehören scheinen, alle mit einem Bündel oder einer Einkaufstüte und einem Gesicht, als hätte ihnen die Party nicht gefallen. Unfreiwillig reihe ich mich in den Zug dieser trist gekleideten Männer ein, der durch den Dienstboteneingang das Haus verläßt. Im Morgenlicht, die Gesichter von den ersten Bartstoppeln gesprenkelt, sehen sie wie abgeschobene Männer aus, die eingepackte Kellner unter dem Arm tragen. Genau wie sie erhalte ich von einem jungen Mann einen Umschlag mit den Worten »Gratifikation vom Hausherrn«. Ich steige mit ihnen in einen der Kleinbusse, die draußen warten. Wir fahren schweigend ab. Der Kleinbus fährt ziellos kreuz und quer durch die Stadt, und keiner sagt einen Ton. Hin und wieder steigt einer aus, wie seekrank schwankend. Nach langer Irrfahrt sind der Fahrer und ich übrig. Wir halten an einem Platz, und ich weiß nicht, ob es die Endstation ist oder ob das Benzin alle ist. Ich mache die Tür auf und gehe zu Fuß zum Busbahnhof.

5 Der Bus ist eine alte Klapperkiste und fährt überfüllt in die Berge hinauf. Es gibt Fahrgäste, die stehen, ich bin meinen Fensterplatz losgeworden, mein Sitznachbar ist korpulent, ich habe Schmuck in den Taschen, sitze auf Steinen, aber ich empfinde die Fahrt als behaglich. Wahrscheinlich, weil es regnet. Der spiegelnde Asphalt, das tiefdunkle Grün, Bäume wie ausgewrungene Wäsche, auf dieser Straße bin ich zu Hause. In einer scharfen Rechtskurve spüre ich den Druck der Schulter meines Nachbarn an meiner Schulter und muß innerlich lachen. Ich lache, weil mir einfällt, wie wir immer mit meinen Eltern im Auto zu unserem *sítio* fuhren, meine Schwester und ich auf dem Rücksitz. Eine Kurve auf meiner Seite, und ich warf mich auf sie und machte »Uuuuuuuuh!«. Eine Kurve auf ihrer Seite, und sie fiel auf mich »Uuuuuuuh!«. Die Erinnerung überkommt mich so heftig, daß ich sogar rieche, wie der Kopf meiner Schwester duftete, sie sagte zwar, es seien die Haare, aber ich sagte, nein, der Kopf, denn sie wechselte das Shampoo und duftete immer gleich, und sie sagte, ich sei noch klein und brächte alles durcheinander, aber ich war sicher, daß der Duft von ihrem Kopf kam, und dann fragte sie, wie er denn duftete, und ich saß dumm da, weil ich keinen Duft beschreiben konnte, worauf sie »Siehst du« sagte, aber Tatsache ist, daß ich ihn nie vergessen habe, inzwischen habe ich an so manchem Frauenkopf gerochen und nie wieder denselben Duft gespürt. Jetzt geht die Kurve nach links, und ich falle unbeabsichtigt gegen meinen Nachbarn und mache um ein Haar »Uuuuuuuh!«. Vielleicht hat er auch eine schöne Erinnerung, vielleicht hat er eine Schwester wie meine gehabt, deren Kopf

auch so geduftet hat, und lacht wie ich leise vor sich hin. Ich glaube, das macht ihm tatsächlich Spaß, denn es ist eine S-Kurve, und da rutscht er auch schon auf mich drauf.

Daß es in meiner Kindheit so viel geregnet hat, kann eigentlich nicht sein. Aber ich sehe mich als Kind, und es regnet. Meine Schwester schon als junges Mädchen, und es regnet. Uns beide im Bach, in Badezeug, braungebrannt, und es regnet. Die Sonne, ich sehe die Sonne auf dem Zement, ich sehe die Katze in der Sonne auf dem Zement liegen, und es regnet. Mag sein, daß es da gerade nicht geregnet hat. Und ich habe das Spiel schon wieder vergessen, da läßt der Dicke am Fenster in einer Kurve, die wesentlich weiter als früher ist, seinen ganzen massigen Körper zu mir herübersacken. Ich habe dazu keine Lust mehr, es wird mir lästig. Gut zweihundert Meter weiter kommt er schon wieder an. Ich will mich beschweren, ihn am Arm anstoßen, aber dann sehe ich die Hände des Kerls, und die Hände des Kerls sind aus Wachs. Ich schwöre, daß die Hände wie aus Wachs wirken, ich habe noch nie Hände von dieser Farbe gesehen, abgesehen von den gefalteten Händen meines Vaters im Sarg. Ich sehe auf sein Gesicht, und es ist auch aus Wachs, genauso olivgrau, und es hat einen Ausdruck wie das Gesicht von einem, der nicht mehr irgendwohin fährt. Vielleicht sollte ich schreien, weglaufen, den Bus anhalten lassen, aber hier stört sich keiner daran, daß neben mir ein Leichnam sitzt. Die Leute, die mit dem Gesicht zu meiner Sitzbank stehen, finden das normal. Mit Ausnahme einer dicken Schwarzen mit hervorquellenden Augen, aber sie starrt nicht die Leiche an, sondern mich. Vielleicht sollte ich wirklich etwas unternehmen, aber meine Haltestelle naht. Ich stehe vorsichtig auf, stütze den Leichnam ab, damit er nicht umkippt, und die dicke Schwarze nimmt sofort meinen Platz ein. Ich rufe dem Fahrer »Posto Brialuz« zu und sehe nach hinten in den Bus. Beim Bremsen habe ich das Gefühl, daß der Leichnam nach vorn knallt, mit der Stirn an den Sitz vor ihm schlägt und wieder zurückfällt. Ich steige aus dem Bus, gehe vier Schritte auf dem Gras, drehe mich unvermittelt um und sehe den Kopf des Toten genau in Fenstermitte zu mir herüberstarren. Es dauert, bis der Bus weiterfährt, und ich kann dem Toten nicht entrinnen. Ich gehe auf dem Gras hin und her, und ganz gleich, in welche Richtung ich gehe, der Tote sieht mich, obwohl er nicht den Kopf dreht, von vorn an, wie ein stummer Nachrichtensprecher im Fernsehen. Der Bus fährt langsam an, und jetzt dreht sich der Kopf des Toten nach hinten und sieht mich immer noch an, als wäre sein Hals ein Gewinde.

Das Gattertor zum *sítio* ist weder geöffnet noch geschlossen. Nach fünf Jahren hat es sich aus dem Lehm gelöst und schlägt hin und her, wie ein Bootssegel im Sturm. Um hindurchgehen zu können, muß ich abwarten, bis es in meine Richtung schwingt, tänzelnd wie ein Boxer ausweichen und es mit den Hüften anhalten. Als mir dieses Kunststück gerade gelingt, taucht ein nagelneuer Kombi in metallic Karamelgelb ohne Nummernschild auf. Er kommt durch den Dreck angerast, es spritzt nach allen Seiten, aber er selbst ist makellos, glänzend, sonnenfarben. Der Fahrer ist rücksichtsvoll, er bremst drei Meter vor der Einfahrt und erspart mir ein Schlammbad. Ich gebe ihm ein Zeichen, zuerst hineinzufahren, denn es macht mir nichts aus, das Tor in dieser Stellung festzuhalten. Aber ein schlaksiger Mulatte mit Sonnenbrille, entkraustem Haar und einem Ring im linken Ohr steigt hinten aus der Tür und fordert mich zum Einsteigen auf. Ich setze mich zwischen ihn und einen, der wie sein Zwillingsbruder aussieht, Ohrring, Haar und auch sonst, vor mir habe ich den Fahrer, rotblond und die Finger voller Ringe, und den Beifahrer, älter als die anderen, fast kahlköpfig und mit eingedellter Nase. Das Gattertor, das in der Zwischenzeit zitternd offen gestanden hat, schlägt sausend ins Leere, sobald wir es passiert haben.

Wir fahren die schmale Straße bis zum Bach hinunter, dort biegen wir zum ehemaligen Gästehaus ab. Das weißgekalkte Gebäude mit blauem Balkenwerk wirkt jetzt wie ein bloßer Unterbau für das breite Wellblechvordach auf einem angrenzenden Schuppen, in dem eine Art Autowerkstatt eingerichtet worden ist. Unser Kombi hält zwischen dem Gerippe eines ausgebrannten Autos und einem mit Grundierung lackierten Jeep; außerdem stehen da ein paar Chassis und ausgebaute Motoren, die drei roten Motorräder, die ich bereits kenne, dann zwei Pick-ups, ein nachgebauter Oldtimer-Sportwagen und ein Kabrio mit ausländischem Nummernschild. Hinter dem Schuppen stehen noch ein halbes Dutzend Wohnwagen, wie zu einem Konvoi aufgereiht. Der Zwillingsbruder führt mich zum letzten Wohnwagen, schickt mich hinein und macht die Tür von außen zu.

Es wäre ein geräumiger Wohnwagen, wenn zwischen den Stapeln von Eisentonnen und Kisten etwas Platz freigeblieben wäre. Drinnen ist der Sauerstoff knapp, und es riecht nach Azeton. Ich setze mich auf ein Fleckchen Fußboden gegenüber dem einzigen Fenster, das nicht zugestellt ist. Plötzlich wird es dunkel, und es dauert ein paar Sekunden, bis ich begreife, daß eine gescheckte Kuh ihren Kopf an die Fensterscheibe gedrückt hat. Der Kopf der Kuh füllt den Fensterrahmen genau aus und richtet sich dort ein. Es ist eine müde Kuh. Von Zeit zu Zeit schlecken ihr die Lider über die Augen, in einem bedächtigen Rhythmus, den ich bald vorhersagen kann. Auch der Speichel in ihrem Maulwinkel wird mir vertraut, er hängt eine halbe Handbreit herunter und steigt hoch, hängt herunter und steigt wieder hoch. Und gelegentlich schiebt die gescheckte Kuh ihr Kinn ein Stückchen nach vorn, als fragte sie mich, »Und dann?« oder »Wie war das?« oder »Was meinst du dazu?« Als der Zwillingsbruder wieder in der Tür steht, schätze ich, daß inzwischen einige Zeit vergangen ist. Aber die Wartezeit ist mir nicht lang geworden, vielleicht, weil ich mit der Zeitrechnung der Kuh gewartet habe.

Der Zwillingsbruder schaltet das Licht an und stellt sich vor mich hin, so daß er das Fenster und die Kuh verdeckt. Er hat dünne und sehr lange Beine und trägt eine Lederhose, die seine Eier plattdrückt. Sein Gürtel ist eine Bronzekette. Er stemmt die Hände in die Hüften, unter seiner halbgeöffneten wattierten Jacke wird das Ende eines Pistolenlaufs sichtbar, der aus einem Innenfutteral herausragt. Er trägt noch immer die Ray-Ban-Brille und wirkt aufgeregt, denn jetzt scheuert er mit seiner Stiefelsohle gegen den Fußboden des Wohnwagens. Zwischen uns steht eine niedrige Kiste, und darauf breite ich die Schmuckstücke aus: Brillantennadel, goldene Uhr, vierreihige Perlenkette mit Brillantenverschluß, Rubinanhänger mit Brillanten, Saphirbrosche, Saphirohrringe, Set aus Ohrringen, Armband und Ring mit Smaragden, Platinring mit Aquamarin, Verlobungsring mit Brillanten, Solitär.

Er schiebt die Brille hoch und steht eine Weile stumm vor dem Schmuck, ohne ihn zu berühren. Dann spitzt er den Mund zur Größe einer Feige, sagt »hm, hm«, wiegt beiläufig den Kopf und sagt, »Klasse Material.« Er geht, schlägt die Tür zu und kommt kurz darauf zurück, aber das muß der andere Zwilling sein, denn kaum ist er da, macht er die Ausstellung zunichte. Wie Kekse fegt er die Schmuckstücke mit dem Handrücken von der Kiste und sagt, »Mit so was arbeiten wir hier nicht.« Als ich den Schmuck aufsammeln will, bekomme ich einen brutalen Schlag an die rechte Wange, ob mit einem Gegenstand oder dem Knie oder der Stiefelspitze oder einem Karateschlag, weiß ich nicht, und der Schreck ist größer als der erste Schmerz. Der Ausgangspunkt des Schmerzes wird gefühllos, und der Schmerz breitet sich über den ganzen Kopf aus, legt sich wie eine Hülle um ihn, und dann fühle ich den Schmerz außerhalb meines Kopfes. Umringt von Schmerz, spüre ich selbst nichts mehr und bin blind und taub.

Noch blind, höre ich die ersten Worte eines Streits, den ich nicht verstehe, aber ich weiß, daß er zwischen den beiden Zwillingen stattfindet; ihre Stimmen klingen derart gleich, daß man sie für Stimmen eines einzigen, sich selbst widersprechenden Mannes halten könnte. Dann verzieht sich der eine, und der andere zerrt mich am Genick hoch und bringt mich nach draußen. Als ich wieder sehen kann, trete ich schon in einen anderen Wohnwagen, der größer ist als der erste, neu riecht und ganz mit Teppichboden ausgelegt ist, auf dem es sich weich geht. Der Rotblonde sitzt über einen Tisch mit violetter Glasplatte gebeugt und befingert meine Schmuckstücke. Auf dem Tisch befinden sich noch eine Kristallvase, ein Dolch mit geschnitztem Elfenbeingriff, ein tragbarer Fernsehapparat, Medikamente in Gläschen und Tuben, ein Porzellanbuddha, ein Perlmuttkästchen und ein Telephon in Schildkrötenform. Die Zwillinge sind wie zwei Wandpfeiler an der Tür stehengeblieben. Und der vierte Mann, der mit den spärlichen Haaren und der Boxernase, lehnt breitbeinig in einem Sessel und beobachtet mich. Endlich räuspert sich der Rotblonde, um anzukündigen, daß er sprechen wird, und er spricht, den Blick auf den Schmuck gerichtet, mit einer für mich überraschend sanften, fast weiblichen Stimme. Er sagt, »Die Ware ist gut.« Er nimmt eine Brosche hoch, kneift das linke Auge zusammen, dreht den Saphir gegen das Fensterlicht und sagt, »Er hat Farbenspiel.« Er steckt den Schmuck in die acht Taschen seiner Samtjacketts und sagt, indirekt zu mir sprechend, den Blick auf den Ex-Boxer gerichtet, »Kannst demnächst wiederkommen.« Als ich gehen will, stellt sich mir ein Zwilling in den Weg; der andere bietet mir Wasser an, ich nehme es in den Mund, und es wird zu Blut.

Es ist noch hell, fast scheint die Sonne, und ich frage mich, ob es auf dem *sítio* überhaupt geregnet hat. Der Weg und die Vegetation sind bis zum Gattertor trocken, und jenseits des Tores ist von hier aus nichts mehr zu sehen; der *sítio* ist eine im Nichts treibende Insel, der dichte Dunst verhüllt ihre Konturen. Ich glaube, wenn ich jetzt durch das Gattertor ginge, dann hätte ich keinen Grund unter den Füßen. Ich gehe die schmale Erdstraße hinunter und stelle fest, daß sie sich gabelt, kurz bevor sie den Bach erreicht. Durch das Bambusdickicht ist ein Pfad geschlagen worden, der zu einer neu gerodeten Fläche führt, auf der man einen Zeltplatz eingerichtet hat. Es sind Dutzende von Polyesterzelten in Tarnfarbe, die ich neulich abends nicht sehen konnte, weil ich im Dunkeln hergekommen bin, und am nächsten Morgen auch nicht, weil ich den *sítio* so hastig verlassen habe. Ich schlendere zwischen den kleinen Zelten umher, sie haben lauter verschiedene Formen, Würfel, Prismen, Pyramiden, Rundbauten, Iglus, Schnecken, und nichts rührt sich. Erst kurz vor der Bohlenbrücke höre ich ein elektronisches Geräusch, die Übertragung eines Fußballspiels, es kommt aus einem raupenförmigen Zelt. Ich will fragen, wie es steht, wie jeder normale Mensch, auch ohne zu wissen, wer da gerade spielt. Ich knie mich vor die Luke, schiebe das Moskitonetz beiseite, und von innen protestiert jemand mit heiserem Stöhnen.

Ich mache mich auf den Weg zum Haupthaus und meine, Gestalten zu erkennen, die sich wie ein zerlumptes Heer von den Hängen in Richtung Zeltplatz schleppen. Ich lege einen Schritt zu, betrete das Haus durch die Küche und treffe auf das Mädchen mit der Kraushaarmähne. Sie steht auf dem Hocker vor dem Holzherd und hält mit beiden Händen einen riesigen Holzlöffel fest, mit dem sie die Suppe im Kessel eher durchrudert als umrührt. Als sie mich erblickt, stutzt sie eine Sekunde, aber dann lächelt sie und legt sich noch mehr ins Zeug. Der alte Hauswächter schläft tief und fest schräg auf einem Stuhl, sein Gesicht ist mit einem roten Nylonblouson bedeckt, und eine Plastikhaube hält seine frisch mahagonibraun gefärbten Haare zusammen. Er wird vom Geschrei der etwa zwanzig Kinder aufgeweckt, die gleich darauf ins Haus stürmen. Sie bringen feuchte Geldscheine mit, die der Alte von Hand zu Hand einsammelt und in einen Rucksack wirft. Da erst sieht er mich und wird verlegen, dann freut er sich, sagt, »Gott segne Sie, Gott segne Sie« und besteht darauf, mich zu meinem alten Zimmer zu begleiten.

Es dauert nicht lange, da klopft das wuschelköpfige Mädchen. Ich habe mich schon hingelegt und ärgere mich, ich denke, sie will auf der Liegestuhlauflage schlafen. Ich mache nicht auf, aber sie kommt trotzdem herein und bringt mir einen Teller Suppe. Sie singt im Falsett einen Phantasietext zu irgendeiner Melodie. Als ich sehe, daß sie wieder geht, möchte ich sie eigentlich irgend etwas fragen, aber sie hat den Kopfhörer eines Walkman auf den Ohren. Ihre Suppe erinnert vage an Hühnerbouillon, eine Brühe mit Reis, ich esse sie ohne Widerwillen. Auf dem Fernsehbildschirm steht ein Videospiel still, Formel-1-Wagen im Startraster. Die Blutung in meinem Zahnfleisch hat aufgehört, aber mir scheint, daß ein paar Backenzähne auf der rechten Seite wackeln. Ich schließe die Augen und sehe Diamanten. Ich höre ein heiseres Stöhnen und weiß nicht, ob ich's selbst bin.

6 Der pochende Schmerz reißt mich frühmorgens aus dem Bett. Ich hatte die Prügel von gestern vergessen und, ohne es zu wollen, schon verziehen. Als Lohn für meine Nachsicht ist mein Gesicht über Nacht angeschwollen, und der Mund fühlt sich wie Gelatine an. Ich verlasse das Zimmer, damit ich nicht mit dem Kopf gegen die Wand renne. Ich will mich draußen auf dem Gras wälzen, aber das Schnarchen des Alten zieht mich wie ein Sog in die Speisekammer. Er schläft nackt, in irgendwelche Sacklumpen eingerollt, die Undenbergflasche zwischen die Falten seiner Haut oder der Lumpen geklemmt. Ich schnappe mir die Flasche. Durchquere die Küche und muß, um nach draußen zu gelangen, mit der Tür die Beine des wuschelköpfigen Mädchens beiseite schieben, das auf dem Fliesenfußboden liegt und sich nicht stören läßt; es hört im Schlaf Walkman und singt leise in der Sprache ihres Traums.

Draußen spüle ich mir den Mund mit Undenberg und rüste mich mehr oder weniger für den neuen Tag. Der Himmel erwacht blutrot, und eine rachsüchtige Sonne steigt auf. Als die Stimme des Alten, der schlecht gelaunt aufgewacht ist, losdonnert und er droht, das Haus in Brand zu stecken, lasse ich die Flasche stehen. Die Kinder spritzen aus den Fenstern und rennen, einander knuffend und ein Bein stellend, zum Obstgarten. Sie kommen mit Zitronen beladen zurück, mehr als in ihre Beutel passen, und ziehen, sich gegenseitig bespukkend, hinauf ins Gelände. Ich hebe eine Zitrone auf, die von der Böschung herunterkullert, und in einem plötzlichen Begeisterungsrausch will ich hinter der Kinderbande herlaufen. Es war ein idiotischer Rausch, so wie jeder Rausch, denn auf dem ebenen Gelände am leeren Swimmingpool geht mir die Puste aus.

Eine Zitrone in der Hand, dazu der Alkohol, von dem mir die Mundhöhle brennt, da muß ich einfach an meinen Freund denken. Ich erinnere mich daran, wie wir ganze Tage lang *caipirinha* getrunken haben, er und ich hier am Swimmingpool. Ich kann mich gut an unseren letzten Spätnachmittag vor fünf Jahren hier auf dem Land erinnern, wie er, schon ziemlich angetrunken, genau dort saß und mit schwerer Zunge sprach. Wie er zum Horizont blickte und sich mit den Fingern durch das Haar strich, sich das glatte Haar hinter das Ohr strich, mit einer Gebärde, die jetzt in der Erinnerung wie von meiner Schwester abgeguckt wirkt. Als er das damals machte, dachte ich mir nichts dabei, und es gab auch sicherlich nichts dabei zu denken. Aber heute fällt mir außer der Gebärde auch noch ein Funkeln in seinen Augen auf, das mich stört. Das Funkeln ist wahrscheinlich der Widerschein des Horizonts, auf den er blickte, aber in meiner Erinnerung kommt der Horizont nicht vor, und seine Augen funkeln von allein.

Mein Freund trank mit mir am Swimmingpool, und inzwischen floß sein Redestrom nicht mehr glatt. Ich glaube, er sprach über russische Literatur, aber sicher bin ich mir nicht, denn seine Worte verhaspelten sich und blieben irgendwo hängen. Doch sein Bild zeichnet sich immer deutlicher vor mir ab; da ist die dünne Goldkette um den Hals, etwas verdreht, das behaarte Muttermal gleich unterhalb des Ellbogens, die Rippen, die an der Seite wie eine Tastatur vorstehen, die weiße Badehose mit drei grünen Längsstreifen. Nur an die Füße meines Freundes kann ich mich nicht erinnern.

Wir liefen ständig barfuß, und ich kann mich nicht entsinnen, jemals auf seine Füße geblickt zu haben. Ich habe nie darauf geachtet, ob sie groß oder wohlgeformt waren. Ich kann nicht sagen, ob die Füße meines Freundes riesengroß waren, so wie die Füße des ermordeten Sportlehrers.

Wieder sehe ich in der Erinnerung meinen Freund zum Horizont blicken, seine nassen Haare sind schwärzer denn je, und jetzt kämmt er sich bedächtiger als vorher. Vermutlich fühlt er sich erinnert und kostet die Situation ordentlich aus. Er zieht an einer Zigarette, die in der vorherigen Erinnerung nicht vorhanden war, und läßt sich im Profil betrachten, wie ein Schauspieler. Der sich plötzlich, um mich zu überrumpeln, zu mir umdreht, mit einem Funkeln in den Augen, das mich abermals stört. Und inzwischen wird es dunkel, ohne daß es mir gelungen ist, auf seine Füße zu sehen. Aber vielleicht läßt sich etwas, dessen man sich nicht entsinnen kann, es an einem bestimmten Tag gesehen zu haben, im nachhinein noch durch einen schrägen Spalt in der Erinnerung erblicken. Vielleicht läßt sich der Blick von damals in den Blickrahmen von heute versetzen. Und auf diese Weise, sozusagen aus dem Augenwinkel der Erinnerung, sehe ich endlich die Füße meines Freundes. Ich sehe sie, erfahre aber nicht, wie sie sind; es sind verzerrte Füße in trübem Wasser, ausgeschlossen, sie zu beurteilen.

Ich stelle mir vor, wie mein Freund junge Männer in seiner Wohnung empfängt. Mein Freund auf dem Sofa im Wohnzimmer, wie er Campari trinkt und den jungen Männern Gedichte vorträgt. Die bloßen Füße auf dem Sofa, aber zwischen die Kissen geschoben, streicht mein

Freund sich die Haare hinters Ohr, und ich stelle mir vor, wie ein junger Mann auf das Ganze gereizt reagiert. Wie mein Freund das Album der französischen Dichter aufschlägt und der junge Mann sich auf dem Sofa krümmt. Und wie Haß in ihm hochsteigt und wie er unter einem zusätzlichen Haß leidet, weil er nicht begreift, was für ein verquerer Haß das ist, der ihn übermannt hat, ein Haß, der tiefer Demütigung entspringt und zugleich Verachtung ist. Ich stelle mir vor, wie das Gedicht kein Ende nimmt und der junge Mann wahnsinnig wird, eine Leine vom Wäscheplatz holt oder ein Messer aus der Küche, aber von da ab kann ich mir nichts mehr vorstellen, weil mein Freund niemals Sportlehrer hätte sein können. Ich sehe ihn in der Erinnerung noch einmal neben mir, wie er zum Horizont blickt, die Arme auf den Rand des Swimmingpools gestützt, und nicht mal einen Bizeps hatte mein Freund. Ich erinnere mich an den Augenblick, als er das Glas hob, das trockene Glas mit einer auf dem Boden klebenden Zitronenscheibe schwenkte und Anstalten machte, sich hochzustemmen, um die *caipirinha* nachzufüllen. Fast wären seine Füße an die Oberfläche gekommen, und ich hätte sie ganz aus der Nähe gesehen, so wie ich Jahre später die Füße des Toten gesehen habe. Jetzt werde ich ganz nervös bei der Vorstellung, die Füße meines Freundes gesehen zu haben, Füße, die ich in der Zeit der Erinnerung in aller Seelenruhe betrachtet hätte. Aber instinktives Handeln ist vermutlich der Reflex einer Absicht, die zu einer anderen Zeit gehört. Und an jenem Spätnachmittag legte ich ihm die Hand auf das Knie, ohne zu wissen, warum ich es tat, und sagte, »Nein.« Ich nahm ihm das Glas aus der Hand und ging eine doppelte *caipirinha* zubereiten.

Der Alkohol, der meinen Freund zur Lyrik beflügelte, konnte aber auch seine Nerven angreifen und ihn aggressiv machen. Es war Abend, und wir saßen inzwischen beim Essen auf der Terrasse, als er aus heiterem Himmel entschied, ich sei der letzte Dreck. Er sagte wörtlich: »Du bist der letzte Dreck.« Und dann, ich müßte es wie der russische Dichter machen, der allem abgeschworen hatte, seine Ländereien aufgegeben hatte, sich wie ein Landarbeiter kleidete, sich seinen Reis kochte und auf einem Bahnhof gestorben war. Er sagte, ich müßte auch auf meinen Landbesitz verzichten, selbst wenn ich deswegen Front gegen meine Familie machen müßte, die auch der letzte Dreck sei. Alle geltenden Gesetze und sämtliche Regierungen seien ebenfalls der letzte Dreck; und mein Freund geriet auf der Terrasse in Rage, schrie irgendwelche Parolen, warf Geschirr und Stühle in den Hof, machte einen solchen Radau, daß sich schließlich die Leute vom *sítio* zum Zuschauen versammelten. Er schrie, »Die Landarbeiter sollen herkommen«, und die Landarbeiter, die kamen, waren der Gärtner, der Pferdeknecht, der alte Hauswächter und seine Frau, die Köchin, und dazu deren Söhne und Töchter und Schwiegersöhne und Schwiegertöchter mit ihren Kleinkindern. Mehrmals schrie mein Freund, »Das Land gehört den Landarbeitern!«, aber diese Leute fanden das merkwürdig. Später beruhigte er sich. Wir warfen unsere Sachen in den Kofferraum seines Wagens, ein klappriger Straßenkreuzer, und ließen das Gattertor offen, als wir vom *sítio* wegfuhren.

Diesen Abend werde ich nie vergessen, denn er endete in der Stadt, in einem Penthouse am Strand, wo Studenten der Anthropologie ihr Examen feierten. Wir kannten niemanden, und ich weiß nicht, warum wir da gelandet sind. Ich weiß auch nicht, wer mich mit einer der Anthropologinnen bekannt machte, die mir einen afrikanischen Tanz beizubringen versuchte. Dann erzählte sie mir, daß sie vorhabe, einmal nach Ägypten zu reisen, redete über ihre Erfahrung als Aufnahmeleiterin beim Film, und zum Schluß der Party legte sie für mich Tarot. Als mein Freund mich zu Hause absetzte, kann ich mich noch erinnern, wie er sagte, diese Anthropologin, an der habe er nichts Besonderes gefunden. Ich diskutierte nicht darüber, ich habe nie mit ihm diskutiert. Aber vor dem Einschlafen dachte ich, daß er manchmal vielleicht doch nicht so ganz recht hatte. Im Monat darauf heiratete ich die Anthropologin, lebte viereinhalb Jahre lang mit ihr völlig zurückgezogen und habe seitdem nie wieder etwas von meinem Freund gehört.

»Haut ab da! Sch! Haut ab da, hab' ich gesagt!« Der alte Hauswächter nähert sich und schimpft auf die beiden Kröten, die unten im leeren Swimmingpool sitzen. Die kleinere Kröte, die im flachen Teil, springt unablässig hoch, landet mit den Füßen an der Wand, aber bis zum Rand wird sie es nie schaffen. Bei einem besonders kühnen – und mißglückten – Sprung fällt sie in den tiefen Teil und landet direkt vor der dicken Kröte. Die weiß bereits, daß es keinen Sinn hat, irgendwohin zu springen. Und ihre goldgelben Augen scheinen den alten Hauswächter dabei zu beobachten, wie er die wackelige kleine Leiter in den tiefen Teil hinuntersteigt und vertrauensvoll auf den algenglitschigen Boden tritt. Die dicke Kröte kennt den Alten anscheinend wirklich, denn jetzt hebt sie den Rücken und bläht den Kopf zu doppelter Größe auf. Der Alte greift die Kröte und schleudert sie weit weg. Unterdessen ist die kleinere Kröte in den flachen Teil gehüpft und hat wieder angefangen, gegen die Wand zu springen. Der Alte rutscht die Schräge auf Knien hinauf und verfolgt die kleine Kröte in der Hocke. Als er sie gerade greifen will, gelingt dieser der unmögliche Sprung, und sie erreicht den Rand. Gleich darauf springt sie jedoch, wie von ihrem eigenen Rekord überwältigt, in umgekehrtem Bogen rückwärts. Der Alte fängt die Kröte in der Luft und wirft sie in die Zweige eines Mangobaums.

Ich überlege, wenn der Rotblonde den Schmuck verkauft, wie lange ich dann wohl von meinem Anteil leben kann, acht Monate, ein Jahr, vielleicht länger. Vielleicht kann ich reisen, Ägypten kennenlernen, nach Europa fahren und in die Metro steigen, wo die Frauen echten Schmuck tragen. Aber mir ist es lieber, wenn der Rotblonde nicht so schnell zum Abschluß kommt. Ich habe nichts dagegen, so zeitlos dahinzuleben, die Kacheln im Swimmingpool zu zählen und die Mangos auszulutschen, die der Alte mir gebracht hat. Am späten Nachmittag verlasse ich den Swimmingpool, dreitausendvierhundertsechsundfünfzig Kacheln, und treffe hinter dem Obstgarten am Ende des *sítio* wieder den Alten, wo er Steine in die Bananenpflanzung wirft und »Haut ab da!« schreit.

Ich kann mich zwar an Bananenstauden erinnern, aber nicht an eine so üppige Pflanzung. Die Plantage bedeckt den ganzen hinteren Hang des Tals. Auf den gleichmäßigen Pfaden zwischen den Bananenstauden hat jemand Sträucher mit spitzen, steifen Blättern und so etwas wie bronzebraunen Ähren an den Enden der längsten Zweige angepflanzt. Ohne sich um den Alten zu kümmern, streifen Männer und Frauen die Blätter beiseite und pflücken verstohlen, mit verdeckter Hand, die Blütenstände.

Gegen Abend humpeln sie mit den Körben den Hügel hinauf, die Männer tragen sie auf der Schulter, und die Frauen balancieren sie auf dem Kopf. Sie laden ihre Last in der Scheune ab und kommen hastig heraus, wobei sie noch mehr humpeln. Ich kann nicht schätzen, wie viele es sind, denn sie gehen in Gruppen und sehen alle gleich aus, alle sehr mager und kraftlos. Als sie mir entgegenkommen, drehen sie die Gesichter weg, aber ich kann erkennen, daß ihre Haut weißgefleckt oder mit Warzen übersät ist. Im Vorübergehen sehe ich, daß manche Mißbildungen am Mund, an den Ohren, an der Nase haben, und eine Frau, die vermutlich gar nicht alt ist, sieht aus, als hätte sie einen Schwamm statt eines Gesichts. Sie strömen alle zum Zeltplatz und verkriechen sich jeweils zu zweit in den Zelten. Die Zelte setzen ihre Musik in Gang, jedes will die anderen übertönen, und was dabei herauskommt, klingt unerträglich.

Die Kinder mit den Zitronen laufen vorbei, und ich denke, daß es auch für mich Zeit ist, hinunter zum Haus zu gehen. Aber als ich die Bohlenbrücke erreiche, finde ich sie von drei hechelnden Schäferhunden besetzt. Ein Stück weiter steht der eine Zwilling. Er grinst, aber ich weiß nicht, ob es das Grinsen dessen ist, der mir ein Glas Wasser gegeben hat, oder des anderen, der mir das Gesicht kaputtgeschlagen hat. Ich mache kehrt und gehe die schmale Erdstraße hinauf, ohne mich umzusehen, aber mit dem Bewußtsein, daß die geifernden

Hunde und der grinsende Zwilling, der sie mit seinem Atem zurückhält, dicht hinter mir sind. Da ich mir jeden einzelnen Schritt genau überlege, wird der Weg für mich lang und aufreibend.

Als ich das Gattertor erreiche, ist es mit Schloß und Kette zugesperrt. Ohne zu überlegen, fange ich an, daran zu rütteln, und das Klirren der Ketten ist das Zeichen zum Angriff. Die Hunde haben schon nach meiner Ferse, meinem Schenkel und meinem Arm geschnappt, da ruft eine brüchige Stimme, »Guso! Pordeval! Sussanha!« Es ist der Bengel mit dem kahlgeschorenen Kopf, der Bruder des wuschelköpfigen Mädchens. Die beiden Rüden laufen zu ihm und lecken ihm die Füße, aber die Hündin behält mein Handgelenk fest zwischen den Zähnen. Ich spüre, wenn sie das Maul mit einem Ruck verdreht, zerfetzt sie mir die Hand wie einen Handschuh. Aber der Bengel schlägt ihr mit einem Bambusstock auf den Schädel, und sie öffnet das Maul und jault auf. Der Zwilling lacht kurz und bietet mir einen Pfefferminzdrops an.

Der Bengel und die Schäferhunde geleiten mich schweigend hinunter ins Tal bis zum Haupthaus. Nur hin und wieder höre ich den Bambusstock durch die Luft zischen. Der Bambusstock in der Hand des Kindes ist wirklich das einzige, was an ihm kindlich ist. Denn seine Züge sind ernst, das Gesicht knochig. Und sein Kiefer mahlt mit besessenen Kaubewegungen, als hätte er den Mund voller Steine.

Ich trete in die Küche und gebe mir Mühe, niemanden zu wecken. Das einzige Licht im Haus kommt aus der Speisekammer. Im Vorübergehen sehe ich, daß der Alte und das wuschelköpfige Mädchen einander gegenüber sitzen, sie auf dem Hocker und er auf einem Haufen Sacklumpen. Der Alte hält seinen steifen Schwanz in der Hand. Die Enkelin lächelt den steifen Schwanz in der Hand des Großvaters an. Es ist ein tadelloser, rosiger, glänzender Schwanz, der mir nicht zu der dick geäderten Hand zu passen scheint. Er sieht nicht aus, als gehörte er zu dem Alten, eher zu dem Nylonblouson voller Logotypen, den der Alte trägt. Das Mädchen dreht den Kopf und sieht mich mit dem gleichen Lächeln an wie vorher den Schwanz. Dann wird sie ernst und steht auf. Sie geht an mir vorbei und weiter zu dem Bengel, ihrem Bruder, der ihr mit einer Kassette winkt. Sie steckt die Kassette in den Walkman, setzt den Kopfhörer auf und spaziert in ihrem knielangen, mit dem Konterfei eines Abgeordneten bedruckten T-Shirt immer im Kreis durch die Küche.

Den Rest der Nacht wälze ich mich im Bett mit dem Gefühl, von weitem ein Telephon klingeln zu hören. Ausgeschlossen, zu schlafen, wenn in der Ferne ständig ein Telephon klingelt. Es wird hell, und mir ist, als ob das Telephon noch immer klingelte. Es wird fast Mittag sein, stelle ich mir vor, als meine Mutter endlich abgenommen hat. Sie wird auf ihre Art abnehmen, stumm darauf wartend, daß der Anrufer Hallo sagt. Der Rotblonde wird »Hallo! Hallo! Hallo!« sagen, und da meine Mutter diese Stimme, die weder nach einem Mann noch nach einer Frau klingt, nicht kennt, wird sie den Hörer auflegen. Dann wird der Rotblonde die Nummer meiner Schwester wählen, und der Butler wird antworten, daß die Senhora nicht gestört werden darf. Der Rotblonde wird insistieren, die Angelegenheit sei im Interesse der Senhora, eine heikle Angelegenheit, es gehe um den Bruder der Senhora. Der Butler wird an die Tür meiner Schwester klopfen, die in ihrem Seidenneglige im Kreis durch das Schlafzimmer geht. Ihr Mann wird in Freizeitkleidung und italienischen Schuhen auf dem Bett liegen und so tun, als läse er ein juristisches Schreiben, aber die Bewegungen meiner Schwester beobachten. Sie wird über irgend etwas verärgert wirken und sich bükken, um die Zigarette, die sie gerade angezündet hat, im Aschenbecher auszudrücken. Der Butler wird lauter klopfen, und beide werden gleichzeitig »Was ist?« rufen. Kaum hat der Butler etwas gesagt, werden die beiden ihn mißverstehen; sie werden glauben, daß ich am Telephon bin. Meine Schwester wird sagen, ich solle später anrufen, und ihr Mann wird sagen, mir ständig Geld zu geben, damit sei jetzt Schluß. Sie wird sich, über irgend etwas verärgert, eine neue Zigarette anzünden.

Ich schlafe bereits, da höre ich wieder das Telephon, und dieses Mal stelle ich mir vor, daß der Rotblonde zum Butler sagt, es gehe um Leben und Tod. Oder er wird sagen, die Sache könne den Bruder der Senhora den Kopf kosten. Der Butler wird wieder an die Schlafzimmertür klopfen, aber mein Schwager wird schon das Haus verlassen haben und meine Schwester nichts hören. Meine Schwester wird unter der Dusche stehen, in einem Badezimmer, das ich noch nicht kenne, eine mit Spiegeln ausgekleidete Pyramide. Mit einem einzigen Blick könnte man meine Schwester aus allen Perspektiven sehen. Und der Anblick wäre so blitzartig, daß sämtliche Ansichten von ihr auf der Netzhaut des Betrachters verschmelzen würden. Und so viel von ihr auf einmal zu sehen, von vorn und von hinten und von der Seite und von oben und von unten in einem einzigen

Bild, das wäre vielleicht soviel wie nichts zu sehen, hieße aber, sie absolut gesehen zu haben.

Noch ein Anruf, und der Rotblonde reicht den Hörer an den einen Zwilling weiter, der direkt zur Sache kommen wird; er wird sagen, wenn die Knete nicht rüberkommt, dann kriegt der Bruder eine Ladung Blei zwischen seine Hörner. Der Butler wird erschrocken und hilflos dastehen, denn der Senhor wird sich auf dem Flughafen befinden, und die Senhora wird gerade weggefahren sein, ohne gefrühstückt zu haben, keiner weiß, wohin, da sie sich mit noch nassen Haaren selbst ans Steuer gesetzt hat.

Ich wache auf und weiß nicht, ob ich zu wenig oder zu lange geschlafen habe. Es ist halb eins, aber ich weiß nicht, welcher Tag. Ich klettere aus dem Fenster und verlasse das Haus über die Terrasse, auf der der Küche abgewandten Seite. Ich will weder dem Alten noch sonst jemandem begegnen. Es ist niemand bei der Ernte. Ich gehe neben der Bananenpflanzung einen Pfad entlang, den ich kenne und der oben auf den Bach stößt. Es ist ein Pfad, den mein Vater immer gegangen ist, aber alle anderen meiden ihn, weil es da oft Schlangen gibt. An dieser Stelle liegt ein großer Stein im Bach, an dem sich das Wasser teilt, und wenn kein Hochwasser ist, kann man hier den Bach leicht überqueren. Dann geht man im Schutz des Hügels bergauf und erreicht das Gattertor, ohne die Erdstraße zu benutzen. Entschlossen, über das Tor zu springen, beschleunige ich mein Tempo und nehme Anlauf; als ich das Tor erreiche, steht es offen. Die Luft ist rein, und ich kann den *sítio* ohne weiteres verlassen, aber statt dessen bekomme ich jetzt Lust, mich wieder ins Bett zu legen. Langsam gehe ich die Erdstraße zurück, bleibe beim Gästehaus stehen, und alles liegt verlassen da. In der Werkstatt dieselben Autos, Motorräder, Motoren, Chassis und der nagelneue Kombi, türkisblau lackiert. Hinter dem Schuppen die Wohnwagenkarawane und die gescheckte Kuh. In dem größten Wohnwagen klingelt ein Telephon, es klingelt und klingelt, und niemand nimmt ab.

Ein altes Auto mit losem Auspuff kommt auf den *sítio* gefahren. Ein klappriger Kleinlaster fährt Staub aufwirbelnd durch das Tor. Ein schwarzweißer Kleinlaster holpert die schmale Erdstraße entlang, und das ist die Polizei. Einerseits möchte ich mich ihr in den Weg werfen, mit beiden Armen winken und schreien, »Ich bin es!« Andererseits möchte ich mich kopfüber ins Bambusdickicht stürzen, und das tue ich. Ich sehe, wie der Kleinlaster zum Bach weiterfährt, am Zeltplatz vorbei, und schließlich nach einigem Hin und Her rückwärts zur Scheune stehenbleibt. Ich klammere mich am Bambus fest, haste die Böschung hinunter und sehe gerade noch, wie der Ex-Boxer vom Fahrersitz aussteigt und der Rotblonde auf der anderen Seite. Der Ex-Boxer öffnet die rückwärtige Tür, und aus dem Laderaum steigt der Bengel mit dem kahlgeschorenen Kopf und hinter ihm die Zwillinge, die mit zwei Ziegeln die Hinterreifen verkeilen. Alle haben es eilig, sich vom Wagen zu entfernen, als würde er gleich explodieren. Alle mit Ausnahme des Bengels, der pfeifend in die Scheune geht und kurz darauf mit den Erntearbeitern zurückkommt. Diese schleppen dicke grüne Segeltuchsäcke und laden sie hinten in den Kleinlaster. Sie stopfen den Laderaum voll, haben Mühe, die Tür zu schließen, und packen die restlichen Säcke auf die Motorhaube, bis die Windschutzscheibe verdeckt ist. Anschließend humpeln sie zum Zeltplatz, aber heute gibt es keine Musik; statt in die Zelte zu kriechen, beginnen sie mit dem Abbau.

Der Ex-Boxer setzt sich wieder ans Steuer, hält den Kopf aus dem Fenster und fährt los, mit dem Rotblonden auf dem Beifahrersitz. Die Zwillinge hängen sich auf die Trittbretter und stützen die Säcke auf der Motorhaube ab, und der Bengel läuft hinterher. Bei der Werkstatt steigen die Zwillinge mit den Säcken von der Motorhaube ab, und der Wagen verläßt mit stotterndem Motor den *sítio*.

Ich gehe hinunter zum Haupthaus und setze mich auf die Terrassenumrandung mit dem Rücken zum Fenster meines Zimmers. Ich spüre auf der Haut, daß der Abend naht. Noch ist es auf dem *sítio* hell, aber die Luft, die ich atme, ist nächtlich. An den Bäumen, die noch im Tageslicht stehen, hat sich die Bewegung des Laubs schon umgestellt, und jetzt ist die Bewegung nächtlich; so wie manche Gerüche und Geräusche nächtlich sind; wie es Nachttiere gibt und Blüten, die sich nicht tagsüber öffnen, wie es Gedanken gibt, die so sonnenklar sind, daß man sie nur im Dunkeln begreift. Das Mädchen mit der Kraushaarmähne ist ein Nachtwesen, und als mir das klar wird, flicht sie mir gerade Zöpfe ins Haar. Dann setzt sie sich neben mich und fängt an, in Pedalbewegungen ins Leere unter der Terrasse zu treten. Ich stelle fest, daß ihre Augen sehr rund sind, wie ständig erstaunt. Sie stützt ihre kleine Hand auf meinem Oberschenkel ab, und ihre Finger sind kurz wie die Zehen einer Tierpfote. Sie hat den Kopfhörer aufgesetzt und singt »hmmmmmmmm«, ein Lied ohne Text. Bei den höchsten Tönen krallt sie sich mit der Hand fest, daß es mir richtig weh tut. Und als ich gerade anfange, die Melodie zu erfassen, nimmt sie die Hand von meinem Schenkel und drückt auf Stop. Sie verschwindet so plötzlich, daß ich mich fast bestohlen fühle.

Es ist eine sternklare Nacht, und ich sehe den kürbisgelben Jeep auf der Bohlenbrücke, noch ehe ich ihn höre. Diesseits der Brücke gibt es eine sehr kurvenreiche Abzweigung von der Erdstraße für alle, die mit dem Auto zum Haupthaus hinunterfahren wollen. Aber der Jeep nimmt lieber die Abkürzung über den steilen Uferhang und donnert in den Hof und rast gleich auf die Terrasse und bremst direkt vor meinen Kniescheiben. Ein Zwilling steigt aus und greift nach dem grauen Koffer, der auf dem Rücksitz gelegen hat. Zuerst denke ich noch, es wäre mein alter Koffer, der im Wachhäuschen bei meiner Schwester geblieben ist, aber es ist ein anderer, etwas größer, mit weichem, ausgebeultem Deckel. Und als er auf der Terrasse geöffnet wird, strömt ein Schwall Bananenduft heraus, so übertrieben intensiv, daß er mich nicht überzeugt. Tatsächlich, kaum schiebt der Zwilling die ersten Bananenblätter obenauf im Koffer beiseite, merke ich, daß es nach etwas anderem riecht. Der Koffer ist vollgepackt mit einer Art bronzebraunen, trockenen, aber weichen, gepreßten und ineinandergeschobenen Ähren, die eine grobe Masse bilden. Es ist ein Koffer voller Marihuana. Der Zwilling sagt, »Erstklassige Ware« und breitet die Bananenblätter wieder über das Gras, als deckte er ein Kind zu. Er schließt den Koffer und fordert mich auf, in den Jeep zu steigen.

Bevor er mich mit dem Koffer an der Haltestelle absetzt, sagt der Zwilling, daß meine Nase dem Chef wohl wirklich gefallen hat. Und daß sein Zwillingsbruder, der den Markt besser kennt, den Chef darauf aufmerksam gemacht hat, daß der Inhalt des Koffers doppelt soviel wert ist wie der Schmuck. Aber er, sagt er, der den Chef besser kennt, kann mir versprechen, wenn ich noch mehr Stücke von der Qualität beschaffe, dann bringt der Chef es fertig und gibt mir dafür zwei Koffer. Aber er sagt auch, daß er und sein Zwillingsbruder der Meinung sind, wenn ich nicht einen Haufen Wichse einstecken will, dann soll ich lieber eine Weile in einem andern Revier abwarten.

Der Posto Brialuz ist geschlossen, und mir ist etwas kalt. Ein paar Lastwagen haben angehalten, wahrscheinlich schlafen Leute in den Fahrerhäusern. Neben einem Reifen mit der weißen Reklameaufschrift »Reifendienst Tag und Nacht« raucht jemand. Ein Mann im Overall kommt aus der Toilette und sieht sich den Himmel an. Ich gehe auf die andere Straßenseite und lehne mich an den Laternenmast, wo der Bus hält, der aus den Bergen hinunter in die Stadt fährt. Später setze ich mich auf den Koffer, er gibt unter mir nach, ein Schloß öffnet sich und läßt den Bananenduft herausströmen.

7 Das Licht ist wie morgens um sechs, und außer mir steht nur ein dünner Kerl in kariertem Hemd an der Haltestelle, als der Bus über dem Bergrücken auftaucht. Doch kaum hält er an, schießen aus allen Ecken die Kinder mit ihren Zitronenbeuteln hervor. Sie klettern auf die Stoßstange, setzen die Füße in die Fenster und richten sich auf dem Busdach in einem Gepäckträger ein, als sei er für sie da. Ich habe beim Einsteigen durch die vordere Tür Schwierigkeiten, denn die Stufen sind hoch, und der Koffer, den ich mit den Oberschenkeln vorwärtschubse, verklemmt sich auch noch beim Fahrer an der Gangschaltung. Der im karierten Hemd nutzt die Gelegenheit, drängelt sich vor, bezahlt den Fahrpreis und setzt sich zu einem Kerl, der noch dünner ist als er. Ich schiebe den Koffer durch den Gang und denke, daß er jeden Augenblick aufplatzen kann. Der letzte freie Sitzplatz ist ein halber Platz neben einer dicken Schwarzen, die aussieht, als könnte sie gut kochen, und deren linke Gesäßbacke die Hälfte meines Sitzes einnimmt.

Dann kommt die kurvige Strecke, und die Kinder werfen sich auf dem Gepäckträger hin und her und machen »Uuuuuuuh«. Die anderen Fahrgäste kennen das anscheinend, und ich finde es auch normal, rechts von mir draußen vor dem Fenster einen fünfjährigen Bengel kopfüber hängen zu sehen. Das umgekehrte, verzerrte, rot angelaufene Gesicht sieht zu mir hin, und er gestikuliert mit den Armen, als wollte er dringend etwas sagen. Dann schlägt der Bengel mit der flachen Hand auf die Karrosserie, bis die Köchin das Fenster aufmacht, und er ruft herein, »Duftet gut, das Gras, was?« Er entschwindet, als wäre er nach oben gerutscht, und auf dem Busdach geht Getrappel los. Und dann tauchen neue verzerrte, rote Gesichter an den zwanzig Fenstern auf, und Finger klopfen gegen die Scheiben und zeigen auf mich und den Koffer.

Von nun an starre ich während der Fahrt nach unten, als ränge ich um einen Glauben. Auf meine gefalteten Hände konzentriert, hebe ich die Finger der Reihe nach an, senke alle fünf auf einmal, hebe sie in umgekehrter Reihenfolge und werde darin erst durch den Schreck der Köchin neben mir unterbrochen, die das Fenster zuknallt und sich mit hervorquellenden Augen bekreuzigt. Am Straßenrand erkenne ich am Humpeln die Tagelöhner vom *sítio*. Wir fahren ganz langsam an ihnen vorbei, denn die Kurve ist gefährlich, und wir befinden uns hinter einem Wassertankwagen. Sie verbergen ihre Gesichter hinter Radios, Plattenspielern, Verstärkern, Lautsprecherboxen und ihren zusammengerollten Zelten, die die Männer auf den Schultern tragen und die Frauen auf dem Kopf balancieren. Neuerliches Getrappel auf dem Busdach, und die Kinder schreien im Chor, »Guckt mal, die E.T.s! Guckt mal, die E.T.s!«

Als wir auf einer Geraden schon in der Nähe der Vororte Tempo zulegen, kommen die Kinder auf die Idee, auf dem Gepäckträger Wettrennen zu veranstalten. Aber eine plötzliche Bremsung schleudert mindestens zwei von ihnen in die Luft. Ich sehe zwei Körper, die sich wie Propeller vor dem Bus drehen, dann wie verstümmelte Stoffpuppen im Leeren fuchteln und strampeln. Bis sie plötzlich starr in der Luft hängen, wie Insekten, die gegen die Scheibe schlagen, und der Absturz danach ist rasend schnell, gar nicht mehr zu sehen. Ich höre einen dumpfen Aufprall genau unter meinen

Füßen und meine auch noch zu sehen, wie etwas auf dem Seitenstreifen weiterrollt.

Der Bus gibt wieder Gas, und die restliche Fahrt verläuft ruhiger. Auf dem Busbahnhof springen die Kinder ab, noch ehe der Bus steht, und ziehen mit ihren Beuteln los. Ich lasse die dicke Köchin vorbei, warte, bis der Bus leer ist, aber als ich mit dem Koffer aussteige, kommen die Kinder angelaufen und empfangen mich wie ein Begrüßungskomitee auf dem Bussteig. Und verfolgen mich durch den ganzen Busbahnhof und sind im Weg und schnüffeln an meinem Koffer, und auf dem Busbahnhof wimmelt es immer von Polizei.

Ich steige ins erstbeste Taxi und gebe als Ziel die Zona Sul an. Der Fahrer steuert nur mit der linken Hand und mit dem Rücken zum Verkehr, während er zu mir auf dem Rücksitz spricht. Er kaut beim Sprechen auf drei schon weichen Streichhölzern und trägt ein Hemd, das ihm eine Nummer zu klein ist, die kurzen Ärmel wie zum Impfen aufgekrempelt. Er erzählt die Geschichte von der verheirateten Frau, die er zum Busbahnhof gebracht hat und die kein Geld für die Fahrt hatte. Er zeigt mir die Telephonnummer der Arbeitsstelle der verheirateten Frau, er hat sie auf einer Zigarettenschachtel notiert. Ich sehe auf den Zähler, der ständig weiterläuft, dann auf die in Plastik eingeschweißte Tariferhöhungstabelle im offenen Handschuhfach und weiß nicht, wieviel ich noch vom Trinkgeld von der Party bei meiner Schwester übrig habe. Am Ende des Tunnels sage ich, »Hier ist es« und drücke alles, was ich habe, dem Fahrer in die Hand. Ich steige schnell aus, aber er ruft, »He, werter Herr!«, öffnet den Kofferraum des Taxis und zeigt mit einem Ausdruck, als sei die Sache nicht nach seinem Geschmack, auf meinen Koffer.

Die dem Tunnelausgang nächstgelegene mir bekannte Adresse ist die Wohnung meiner Mutter. Ich glaube, sie hätte nichts dagegen, wenn ich den Koffer eine Weile in einem ihrer vielen Kleiderschränke ließe. Im mittleren Zimmer, in das Mama nie einen Fuß setzt, gibt es einen Schrank über die ganze Wand mit den Sachen meines Vaters – weiße Uniformen, Glencheckanzüge, wollene Militärmäntel, ein Smoking, ein *summer-jacket* und deutsche Chromlederschuhe, die ich sogar versucht habe zu erben, aber sie waren zu groß. Wenn ich den Koffer in diesen Schrank stelle, wird Mama davon gar nichts mitbekommen. Es kann natürlich sein, daß sie irgendwann morgens nervös aufsteht und beschließt, großen Hausputz zu machen, und darauf verfällt, sämtliche Räume zu lüften, und aus Versehen den Schrank öffnet, den sie längst vergessen hatte, den Schrank voller Sachen, die für sie nicht mehr existierten. Vielleicht findet sie die vielen Dienstuniformen, die Galauniform lächerlich, findet all die Anzüge im selben Muster genauso lächerlich, vielleicht findet sie Papa lächerlich. Vielleicht wird sie wütend und ruft den Portier und beauftragt ihn, alles in die Verbrennungsanlage zu stecken, auch den Koffer. Vielleicht findet sie es doch schade und beschließt, alles für einen Wohltätigkeitsbasar zu spenden, und die Nonnen wundern sich über den scheußlichen Koffer mitten im Nachlaß meines Vaters. Ich stelle mir vor, wie die Karmeliterinnen sich im Halbkreis die Bescherung ansehen. Und dann stelle ich fest, daß ich am Haus meiner Mutter angekommen bin und zwischen den grünen

Marmorstützpfeilern des einstmals luxuriösen Gebäudes am Meer hindurchgehe.

Der Portier läßt es sich nicht nehmen, den Koffer zu tragen, sich zu beeilen, um mir den Fahrstuhl aufzuhalten, mich mit junger Herr anzureden, und sagt, ein guter Sohn kehrt immer heim. Er ist tiefschwarz, fast blau, allerdings glänzt seine Haut in letzter Zeit nicht mehr so, und die Haare waren schon vor dreißig Jahren weiß. Er trägt immer dieselbe feingestreifte Weste, in der er wie die Sklaven im Kino aussieht. Er geht mit Trippelschritten, leidet an Arthrose und ist immer guter Dinge. Eines Tages hatte er sich ein Radio gekauft und fing an, Unterhaltungssendungen zu hören, diese Art von Sendungen, in denen die Leute mit einem Echo in der Stimme über alles mögliche reden. Der kleine Apparat war lautstark, er hallte vom Foyer in den Fahrstuhlschacht und von dort durch das ganze Gebäude. Eines Abends ging mein Vater mich von draußen hereinholen und stieg schon gereizt aus dem Fahrstuhl, denn wenn er nach Hause kam, sollten alle in der Wohnung sein. »Irgendwann werde ich die Tür verriegeln, wenn ich nach Hause gekommen bin!« Als er mich am Kragen ins Haus zerrte und zum drittenmal durch das Foyer ging, während der Sprecher das Horoskop vorlas, befahl mein Vater dem Portier, das Mistding auszuschalten. Und sagte, wo gebe es denn so was, daß Dienstboten sich für Astrologie interessierten, und dann noch Schwarze, die sowieso kein Sternzeichen hätten. Der Portier fand das urkomisch. Er verkaufte das Radio und lachte noch monatelang darüber, wobei er ständig wiederholte, »Schwarze haben kein Sternzeichen, Schwarze haben kein Sternzeichen.«

Bevor ich auf die Klingel drücke, horche ich, ob meine Mutter sich irgendwo bewegt. Wenn sie im Schlafzimmer ist, hat Klingeln keinen Sinn, da hört sie nichts. Aber um diese Zeit ist sie schon aufgestanden, hat sich schon das Gesicht gewaschen, die Milch warm gemacht, Haferflocken hineingerührt, und höchstwahrscheinlich sitzt sie im Wohnzimmer im Ohrensessel und liest in einer Modezeitschrift. Aber ich glaube, selbst wenn sie hustend und schimpfend dicht an der Tür vorbeischlurft, kann man es von draußen nicht hören. Die Wohnungstür ist eine schwere, massive dunkle Palisanderplatte mit plastischen Rauten und einer geschnitzten Rosette in der Mitte. Als bei der Totenwache für Papa der Sargdeckel gebracht wurde, meinte ich zuerst tatsächlich, es wäre die Tür.

Womöglich ist Mama, von den neuen Kollektionen gelangweilt, mit der Zeitschrift auf dem Schoß eingeschlafen. Vielleicht träumt sie gerade wieder von dem behandschuhten Mann im schwebenden Theater, der Papa ist, denn er ist einen Meter neunzig groß und geht rückwärts geneigt, aber es ist nicht Papa, er spricht mit Akzent und hat ein Schafsgesicht. Ich glaube, ab einem bestimmten Alter ist das Repertoire an Träumen erschöpft, und dann gibt es Wiederholungen. Da aber nichts total schlecht ist, läßt auch das Gedächtnis eines alten Menschen nach, und er ist sich nicht mehr sicher, ob er den betreffenden Traum schon einmal geträumt hat oder nicht. Er erkennt die besonders markanten Ereignisse wieder und sagt, »Ach ja«, aber er weiß nicht genau, was anschließend kommt. Und wenn anschließend irgendein Drama, ein Brand, ein Flugzeugunglück, der Tod sämtlicher Verwandten, eine Verfolgung im Labyrinth, eine Naturkatastrophe kommt, so daß unsereins vor Schrecken mit einem Schrei und nach Atem ringend aufwacht, sich im Bett aufsetzt und nicht wieder einschlafen kann, sagt der alte Mensch, »Das wußte ich« oder »Ich habe euch ja gewarnt!« Und hängt den nächsten Traum dran, ohne große Erwartung, aber auch nicht sonderlich gelangweilt, denn er träumt lieber alle Träume noch einmal, als daß er auf die Türklingel reagiert. Genaugenommen weiß ich nicht, ob ich überhaupt auf die Klingel gedrückt habe, aber inzwischen gebe ich den Gedanken auf, meine Mutter zu belästigen. Früher oder später wird sie schon die Tür öffnen, weil sie auf einen Brief aus dem Ausland wartet oder auf die Zeitschriften, die sie abonniert hat. Sie wird den Koffer vorfinden, über die Haussprechanlage den Portier anrufen und ihn befragen, und der wird sagen, daß der Koffer mir gehört, seine Weste zurechtzupfen, nach oben kommen und ihn dorthin stellen, wohin Mama es möchte.

Vom Bürgersteig am Strand auf der anderen Seite des Avenue kann ich über einen Flamboyant hinweg das achte Stockwerk meiner Mutter sehen. Aber sie würde nie am Fenster stehen. Die Menschen, die zum Meer hin wohnen, kommen nicht ans Fester. Die Glasfronten bleiben wegen der feuchten Seeluft ständig geschlossen, weil sonst die Metallgegenstände oxydieren, und um die klimatisierte Luft zu erhalten. Diese Menschen hängen auch noch gefütterte Vorhänge vor die Fensterscheiben, so daß sämtliche Fassaden am Strand mit den Rückseiten von Vorhängen bedeckt sind. Bei den modernen Gebäuden haben sich die Architekten Terrassen in der Art von Liegeflächen am Swimmingpool ausgedacht, die mit Möbeln aus Korb oder Plexiglas und Kübeln mit Farnen und Betelpalmen geschmückt sind. Aber auch die Bewohner der modernen Gebäude scheuen sich, auf ihre Terrassen zu kommen.

Angenommen, Mama macht die Tür heute nicht auf. Angenommen, morgen kommt ein Brief aus Spanien, und der Portier fährt nach oben, um ihn hochkant zwischen Fußmatte und Tür zu stellen, wie Mama es wünscht. Der Anblick des Koffers wird ihn verwirren, und dann wird er entgegen ihren Anweisungen doch klingeln. Er wird unverrichteter Dinge nach unten fahren, aber noch beim Einschlafen daran denken. Am nächsten Morgen wird er ganz früh wieder nach oben fahren, und da er den abgestellten Koffer und den Brief noch immer da stehen sieht, wird er mehrmals klingeln und versuchen, mit Gewalt die Tür zu öffnen, die jetzt, zusätzlich zum Riegel, auch noch ähnlich wie ein Panzerschrank mit einem Querbalken gesichert ist. Schließlich wird er auf der Polizeiwache anrufen, die einen Streifenwagen vorbeischicken wird mit zwei Polizisten, die Koffer, Brief und Fußmatte beiseite schieben, dann unten an der Tür riechen und vor dem Entzünden von Streichhölzern warnen werden. Dann wird die Feuerwehr dazukommen, um die Wohnung aufzubrechen, aber der Polizeimajor will lieber im neunten Stock fragen, ob er von oben durch das Fenster einsteigen kann. Mit einem Tuch vor der Nase wird er die Tür von innen öffnen, und der Portier wird mit ansehen müssen, wie die sich drängelnden Feuerwehrleute und Polizisten das Wohnzimmer entheiligen, den Ohrensessel wegschieben, durch den

Flur in das Schlafzimmer meiner Mutter stürmen, die Fenster aufreißen und vor der Badezimmertür zum Stehen kommen. Ein feister Polizist wird sich gegen die Tür werfen, mit ihr zusammen auf das Waschbecken fallen, und der Major wird mit einem Beil in der Hand über den Polizisten hinwegsteigen. Nachdem die Scheiben eingeschlagen sind, werden Feuerwehrleute und Polizisten eine Weile in der Tür stehenbleiben und alle in dieselbe Richtung blicken, wobei der Portier nicht wird sehen können, was sie in der Badewanne sehen.

Sie werden einem Kerl in zerknittertem Anzug Platz machen, der sich da drin nicht lange aufhalten wird. Er wird den Portier auffordern, mit ihm ins Wohnzimmer zu kommen, und dort nach Angehörigen des Opfers fragen, denen er mitteilen kann, was geschehen ist. Der Portier wird sagen, daß die Witwe aus sehr guter und einflußreicher Familie stammte, was den Inspektor nicht interessieren wird. Dann wird er sagen, daß er in der Tischschublade in der Portiersloge die Telephonnummer der ältesten Tochter hat, was dem Inspektor genügen wird. Eifrig wird der Portier hinzufügen, daß es noch einen Sohn gibt, und verstohlen zu dem Koffer hinter der Tür blicken. Aber da er ein Mann von lasterhafter Lauterkeit ist, wird er nicht fähig sein, verstohlen zum Koffer zu blicken; den ersten Blick wird er auf den Koffer richten und den zweiten Blick verstohlen auf den Inspektor. Was einer Denunziation gleichkommen wird. Der Koffer, der sonst harmlos, geruchlos, abseits und unbeachtet stehengeblieben wäre, wird von einem Polizisten im Wohnzimmer aufgestellt und sein Inhalt in Gegenwart des Inspektors und der Feuerwehrleute durchwühlt. Der freigesetzte Duft wird den Gasgeruch in der Wohnung tilgen.

8 Ich habe am Strand gestanden und auf das Meer, das Meer, das Meer ausspuckende Meer geschaut, und jetzt ist es nicht mehr so einfach, wieder auf die andere Seite der Avenue zu gelangen. Ich weiß, daß es kurz nach zwölf ist, denn es herrscht in beiden Richtungen gleich dichter Verkehr. Zehn oder zwanzig Minuten muß ich auf dem Mittelstreifen warten, neben einer Säule mit Zigarettenwerbung und kaputter Digitaluhr, deren unvollständige Zahlen wie ein fremdartiges Alphabet wirken. Ich erreiche die schmiedeeiserne Haustür des Gebäudes meiner Mutter und rüttele daran, der Portier kommt öffnen, mit schnellen Schritten, aber sich langsam nähernd, wie eine Aufziehpuppe. Ich fahre nach oben in den achten Stock, und der Koffer liegt noch immer platt da. Ich schiebe ihn mit den Füßen zurück zum Fahrstuhl. Ohne zu wissen, warum, klemme ich die Scherengittertür mit dem Koffer fest, klingele Sturm bei meiner Mutter und steige schnell in den Fahrstuhl. Als der Portier mich mit dem Koffer herunterkommen sieht, macht er den Mund auf, um zu sagen, »Der junge Herr ist gerade erst angekommen und reist schon wieder ab?«, aber da klingelt die Haussprechanlage auf seinem Tisch. Er nimmt ab, und ich kann fast die Stimme meiner Mutter hören, wie sie sich über das wilde Geklingel beschwert. Der Portier sagt nichts, nickt nur zustimmend, tut dies aber so beflissen, daß es oben ankommen muß. Er legt auf und sagt, »Doktor Lastriglianza aus dem dritten Stock hat die Maus gesehen.« Er zupft den Saum seiner feingestreiften Weste straff nach unten und fährt im Dienstbotenaufzug nach oben. Ich bleibe zwanzig oder vierzig Minuten allein in der Portiersloge und starre auf die

Haussprechanlage, weil ich meine, daß sie erneut klingeln wird.

Dann laufe ich durch die Geschäftsstraßen, wobei ich den Koffer an jeder Ecke in die andere Hand nehme. Als beide Hände wundgescheuert sind, probiere ich, den Koffer auf den Armen zu tragen, wie ein Pfleger einen alten Menschen trägt. Das geht wesentlich leichter, aber ich kann nicht sehen, wohin ich trete. An einer Kreuzung zwischen zwei baumlosen Avenuen bleibe ich stehen und beschließe, ein Geschäft mit Glasfront zu betreten, das ich erst für eine Konditorei gehalten habe, aber es ist eine Bank. Kaum habe ich den Fuß hineingesetzt, ahne ich, daß ich womöglich einen Fehler begangen habe, trotz der kühlen Luft. Gleich am Eingang sitzt ein Wachmann in einer stählernen Kapsel, seine Augen kreisen wie ein Fischpärchen auf der Sichtscheibe. Auch die beiden Wächter an der Straßenecke, die ich für Verkehrspolizisten gehalten habe, gehören zur Bank. Aber kehrtzumachen und sofort wieder hinauszugehen wäre noch tollkühner, als mit diesem Koffer eine Bank zu betreten; die Männer, die selbstsicher kommen und gehen, tragen edle Ledermappen und Diplomatenkoffer. Mir bleibt nichts anderes übrig, als mich in eine Sofaecke auf dem mit Teppichboden ausgelegten Zwischengeschoß zu setzen, wo mehrere Leute mit Umschlägen auf dem Schoß anscheinend auf etwas warten.

Ich setze mich gegenüber von einer jungen Frau, die ich zu kennen meine, aber mir fällt nicht ein, woher. Sie sieht mich auch an, grüßt mich aber nicht, lächelt mir nicht zu, vielmehr kommt es mir so vor, als hätte sie Tränen in den Augen. Als ich die an ihrer Sofalehne abgestellten Krücken bemerke, dämmert mir, daß sie die Schwester eines früheren Bekannten ist, der in einem Haus mit Katappenbäumen ständig Partys gab. Sie sieht mich an, grüßt aber immer noch nicht, und ich begreife nicht, warum sie ausgerechnet in einer Bank weinen muß. Sie ist gelähmt, richtig, aber das war sie schon damals, ich glaube, sie hat mit fünfzehn Kinderlähmung gehabt. Zur Zeit der Partys, mit etwa zwanzig, mußte sie sich eigentlich schon damit abgefunden haben, aber ehrlich gesagt habe ich mir über ihre Empfindungen nie Gedanken gemacht. Im Partyraum erschien sie natürlich nicht. Ich konnte nicht herausfinden, ob sie nach oben in ihr Zimmer ging, ob sie die Tür einen Spalt öffnete, das Licht ausmachte und uns zusah, ohne selbst gesehen zu werden. Gut möglich, daß sie jeden Samstag weinte, wenn sie das Fest bestaunte, aber nicht mittanzen konnte. Und kein Mensch wird je erfahren, ob sie um Mitternacht die Tür zuknallte, im Bett schluchzte und um so deutlicher den Baß mit seinem dudum, dudum, dudum hörte, je tiefer sie den Kopf in das Kissen grub. Das ist die Erklärung dafür, daß sie sich heute bei meinem Anblick an die Partys von damals erinnert und wieder weinen muß.

Ein Mann sagte, »Neunzehn«, sie stemmt die Krükken in den Teppichboden und richtet sich auf wie ein Turner am Reck. Ihre Schultern sind sehr breit, aber abgesehen davon scheint sie eine gute Figur zu haben. Sie trägt lange Hosen, und ich denke mir, daß ihre Beine wohl für immer fünfzehnjährig bleiben. Sie geht an mir vorüber, mein Blick folgt ihr, ich sehe eine Bewegung, wo keine sein kann, wo aber noch die Schatten einer Bewegung spielen; oder vielleicht ist es eine Scheinbewegung, die sie mit irgendeinem Trick anzudeuten gelernt hat. Bevor sie beim Geschäftsführer Platz nimmt, dreht sie sich um, und sie hat rote Augen, rote Wangen, ein flammendes Dekolleté. Ich blicke zur anderen Seite, direkt auf die Glasfront, die durch das kalte Licht in der Bank und eine Säule hinter der Scheibe zum Spiegel geworden ist. Ich habe so lange nicht mehr in den Spiegel gesehen, daß er mich für einen anderen hält.

Die Unterredung mit dem Geschäftsführer ist kurz, und als sie die Bank verläßt, gehe ich mit. Kein Polizist der Welt würde den Koffer des Begleiters einer Gelähmten durchsuchen. Nicht einfach für mich, gehandicapt durch den Koffer, den ich jetzt auf dem Rücken trage, mit dem Tempo ihrer Krücken Schritt zu halten. Die Gute ist verwegen, sie überquert die Straßen, ohne hinzusehen, und Autos, die noch nie bei Rot gehalten haben, bremsen, um sie vorbeizulassen. Ich bleibe immer weiter zurück und kann fast nicht erkennen, welches Gebäude sie betritt. Aber es ist ein mit blauen Mosaikplättchen, von denen die Hälfte abgefallen ist, verputztes Gebäude, in dem sie mit ihrem Bruder wohnen muß. Wenn ihr Bruder sie mit Tränen in den Augen hereinkommen sieht, wird ihm klar sein, daß das Darlehen nicht genehmigt worden ist. Verärgert über den Kapitalismus wird er sagen, daß er nicht begreift, wofür eine Bank eigentlich gut ist, wenn sie noch nicht einmal einer behinderten Kundin Geld bewilligt. Sie wird sich getroffen fühlen und leise sagen, daß er allein schuld ist, weil er eine Party nach der anderen gegeben und sich damit verschuldet hat. Er wird »Schon gut, schon gut« sagen und ihr in Gedanken die Rechnung für die Medikamente aus dem Ausland an den Kopf werfen, ganz zu schweigen von dieser Krankengymnastik, die nichts bringt. Sie wird wie immer die Gedanken ihres Bruder lesen und sagen, daß ihre medizinische Behandlung von ihren Ersparnissen bestritten wird und daß sie das Haus mit den Katappenbäumen nur verkaufen mußten, um sich die Partys leisten zu können. Er wird »Schon gut, schon gut« sagen und an das Haus mit den Katappenbäumen denken. Ihre Stimme wird spitzer werden, und sie wird sagen, daß es schon demütigend gewesen ist, in eine Dreizimmerwohnung im schäbigsten Gebäude des ganzen Viertels umzuziehen, wo das Mosaik von den Wänden fällt und er dreimal pro Woche ein Party gibt. Er wird »Schon gut, schon gut« sagen und an nichts denken. Sie wird sagen, wenn nicht endlich mit diesen Partys Schluß ist, werden sie noch in einem Einzimmerapartment landen. Er wird »Schon gut, schon gut« sagen und an die Einweihung des Einzimmerapartments denken.

In derselben baumlosen Avenue, in der das Mosaik-Haus steht, wohnt zwei Blocks weiter mein Freund. Sein Haus ist ein ausgeblichenes, unprätentiöses Gebäude, das sich inzwischen mit der Zeit arrangiert hat. Seine rauhe Fassade wird sich nie verändern, zumal seine Eigentümer verstorben sind, die Mieter undurchsichtige Verträge haben und die Baufirmen nicht mehr versuchen, das Haus abzureißen. Es ist ein dreistöckiges Wohnhaus, das nur wenige Menschen wahrnehmen, und die es wahrnehmen, möchten nicht darin wohnen, aber alle, die darin wohnen, sagen, daß sie von dort nur auf den Friedhof umziehen. Auf der Stirnseite des kleinen Vordachs steht noch immer »Edifio Conenal« in den Messingbuchstaben, die sich im Rauhputz gehalten haben. Alle sind sich darin einig, daß der Taufname »Edifício Continental« lautete, mit Ausnahme von einem greisen Paar, das seit seiner Heirat dort wohnt; sie schwört, das Haus hätte damals »Confidencial« geheißen, und er kann sich ganz genau an »Edifício Conde Arnaldo« erinnern.

Wie vor fünf Jahren wird die Tür noch immer von innen geöffnet, indem man mit der Hand durch das Loch in einer zerbrochenen Scheibe greift. Der Hauswart läßt sich in seinem Zimmer hinten im Erdgeschoß keine Sendung des Pastor Azéa entgehen, schon gar nicht jetzt, wo er im Fernsehen auftritt. Es gibt keinen Fahrstuhl, und das Treppenhauslicht schaltet sich nach einer Minute von allein wieder aus. Früher genügte mir eine Minute, um den dritten Stock zu erreichen, aber heute, mit dem Koffer, dessen Griff mir auf die Fingerknöchel drückt, stehe ich im Dunkeln, bevor ich auf dem ersten Treppenabsatz angelangt bin. Mitten auf der Treppe gibt es keinen Lichtschalter, und im Dunkeln kommt mir der Koffer doppelt schwer vor. Als ich den ersten Stock erreiche, überlege ich, ob ich meinen Freund bitten soll, mir zu helfen. Ich schalte das Licht ein.

Mein Freund hatte nach mir gesucht, nachdem ich geheiratet hatte, aber ich habe nie erfahren, was er wollte. Er fand meine Telephonnummer heraus, und jetzt fällt mir ein, daß er immer zu Zeiten anrief, die meine Ex-Frau unpassend fand. Sie nahm ab und sagte, ich sei bei der Arbeit, im Bereitschaftsdienst, aber er glaubte ihr nicht so recht. Zehn Minuten später rief er wieder an, und meine Ex-Frau war immer schneller am Apparat als ich. Und wenn es etwas gab, das sie rasend machte, dann, daß sie »Hallo« sagte und sich am anderen Ende niemand meldete. Ich meinte manchmal, es könnte auch meine Mutter sein, aber sie beteuerte, es sei immer er, immer sein Schweigen. Meine Ex-Frau, die schon auf meinen Freund nicht gut zu sprechen war, haßte nun auch das Telephon. Immer wenn es klingelte, sagte sie, »Laß es klingeln, das ist dieser Mann.« Im Bett fragte sie, was dieser Mann so dringend von mir wolle, aber woher sollte ich das wissen, ich bin ja nie am Telephon gewesen. Und als sie beschloß, den Hörer ein für allemal danebenzulegen, fand ich, das sei eine gute Lösung. Ich schalte das Licht ein.

Ich muß diesen Koffer allein nach oben tragen. Sobald er die Tür öffnet, will ich ihn hineinschieben und ohne ein Wort hinuntergehen. Er wird eine Weile auf den Koffer starren, zwei Stunden lang auf den unförmigen Koffer starren und vielleicht zu dem Schluß kommen, daß ich ihm Bücher zurückgebracht habe. Ja, die Dichter oder die Romane oder die Philosophie, die Weltgeschichte, den Atlas, die Enzyklopädie, weiß der Himmel wie viele mit fünfjähriger Verspätung zurückgebrachte Bände, deshalb habe ich mich verschämt verdrückt. Da er nicht mehr weiß, welche Bücher er mir geliehen hatte, wird mein Freund den Koffer mit nostalgischer Neugier öffnen, als wäre es sein eigenes Erbe. Dann werden die inzwischen zerfetzten Bananenblätter zum Vorschein kommen und darunter das Marihuana. Seine erste Reaktion wird Widerwillen sein, nicht gegen das Marihuana, sondern gegen den unerwarteten Anblick. So wie etwas, das man aus Versehen in den Mund nimmt, Widerwillen gegen seine Konsistenz hervorruft.

Mein Freund wird den Koffer sofort wieder schließen, aber der Gedanke an das Marihuana wird draußen zurückbleiben. Und wenn er den Koffer zum zweitenmal öffnet, wird er es mit der Kehrseite der Neugier tun; er wird ihn öffnen und mit dem köstlichen Gefühl, etwas langsam zu entdecken, das schon vollkommen offenliegt, die Hand hineinschieben.

Ich schalte das Licht ein und nehme die nächste Treppe in Angriff. Die Gewißheit, daß der Koffer in guten Händen sein wird, wirkt stimulierend. Ich stelle mir vor, wie er im Wohnzimmer offen auf dem Fußboden steht, mein Freund klassische Musik hört und seine Gäste sich bedienen, und ich wette, in weniger als einem Monat macht er sich auf die Suche nach meiner neuen Anschrift. Gut möglich, daß er in der Boutique meiner Ex-Frau nach mir fragt. Vielleicht ruft er sogar bei meiner Mutter zu unpassender Zeit an, aber ich weiß schon jetzt, daß er mich nie mehr finden wird.

Die Lichtautomatik schaltet sich aus, als ich mich zwei Stufen vor dem zweiten Stock befinde; hier herrscht nicht völlige Dunkelheit, weil vom Flur ein leichter Lichtschimmer kommt. Aus einer angelehnten Tür dringt auch Knoblauchduft und die Stimme einer singenden Frau, »Ständig denke ich an Schlimmes, was alles noch geschehen kann ...« Sie bricht ihren Gesang ab, und ich fürchte, sie hat etwas gehört. Aber gleich darauf fällt ihr der Text ein, und sie singt weiter, »... ich weiß, daß du mich verachtest; wann hat mein Leid ein Ende? Wann?«

Ich gehe auf dem halbbeleuchteten Absatz gleich weiter, steige, ohne etwas zu sehen, die letzte Treppe hinauf und mache auf der achten oder neunten Stufe eine

Pause. Es ist eine ungünstige Stufe, in der Biegung, der Koffer paßt nicht ganz drauf. Er hängt herunter, sackt zusammen, und ich spüre, daß meine Finger gleich den Griff loslassen werden. Aber ich bin schon mit einem Fuß im dritten Stock und denke, daß der Koffer einem letzten Ruck gehorchen wird. Als ich den Halt verliere, weiß ich nicht, ob der Koffer mich mit solcher Wucht umgerissen oder ob mich jemand angerempelt hat, der hinuntergerannt ist. Ich schlage mit der rechten Wange gegen eine Stufenkante und höre den Koffer die Treppe hinunterpoltern, als wäre er hinter jemandem her. Die Frau, die gesungen hat, öffnet ihre Tür, und der Lichtstreif wird zu einem Spot, der den weit aufgeklappten Koffer direkt anstrahlt. Die Frau ist eine kleine Indianerin mit einem Tuch um den Kopf, und sie geht in die Hocke, um an dem verschütteten Gras zu riechen. Dann stürzt sie die Treppe hinunter, macht kehrt, um das Licht anzuschalten, stürzt die Treppe hinunter und sieht nicht, daß ich gleich oberhalb ihres Treppenabsatzes liege. Vermutlich stößt sie mit dem Hauswart zusammen, der die Treppe heraufkommt, denn die beiden fangen im ersten Stock an zu diskutieren. Ich habe das Gefühl, aus dem dritten eine ächzende Stimme zu hören, wie von einem Mann, der nicht die Kraft hat, richtig zu weinen. Ich stemme mich auf den Ellbogen hoch; mein Gesicht blutet, ich kann es nur mit Mühe vom Stein lösen. Die Indianerin und der Hauswart kommen diskutierend herauf, und ich drücke mich in die Küchentür, die sie offengelassen hat. In der Pfanne schmort eine vorwiegend aus Knoblauch bestehende Mischung, die Zwiebelringe brennen schon fast an. Jetzt diskutieren die Indianerin und der Hauswart neben dem Koffer, er fragt, ob er vom Himmel gefallen ist, und sie hat gesehen, wie er von oben hinuntergeworfen wurde. Sie gehen eine Treppe höher, und ich verlasse die Küche; ich mache einen Doppelsprung über den Koffer und rutsche auf dem Marihuana aus. Hauswart und Indianerin schreien im dritten Stock, und ich weiß nicht, ob es noch eine Diskussion ist, denn die Schreie klingen für mich parallel. Als ich die letzte Stufe hinuntergehe, fleht eine Stimme im Erdgeschoß um Barmherzigkeit, aber das ist die Predigt des Pastor Azéa.

Ich gehe hinaus, und gleich darauf wird alles dunkel; ich stelle mir einen Tag vor, der nach jeder Minute verlöscht. Ich stütze mich an der Wand ab, rutsche an ihr hinunter, wobei mir der Rauhputz den Rücken aufscheuert, setze mich hin und nehme den Kopf zwischen die Beine. In eine Muschel verwandelt, höre ich ferne Stimmen und dann Sirenen, wie mir scheint. Als ich aufstehe, sehe ich die Dinge vielleicht deutlicher, als sie sind. Ich sehe einen ungeschlachten Schwarzen am anderen Ende der Avenue auftauchen. Er geht mitten auf der Straße, schlängelt sich durch den Stau und trägt einen elastischen Badeslip mit Leopardenmuster. Idiotisch grinsend geht er an mir vorbei. Er will in das Haus, in dem mein Freund wohnt, und hat in der Hand ein Klappmesser, mit dem er eine Apfelsine schält.

Das Polizeiauto bahnt sich so gewaltsam den Weg, daß der Verkehr schließlich total zusammenbricht. Da es nicht vom Fleck kommt, wirkt seine heulende und flakkernde Sirene eher wie eine Reklame. Der Bürgersteig faßt schon nicht mehr die vielen Zuschauer, die aus den

Seitenstraßen herbeiströmen und gar nicht damit einverstanden sind, daß ich in der entgegengesetzten Richtung weiterkommen möchte. Die Menge versperrt mir überall den Weg, aber in Wirklichkeit bin ich für die Menge ein Hindernis. Ich drücke mich an den Mauern entlang, bis ich durch die lose Tür eines Bretterzauns gestoßen werde.

Ich betrete das Grundstück eines zweistöckigen Hauses, das gerade abgerissen wird. Die Bauarbeiten sind unterbrochen, und der Schutt türmt sich hinten auf dem Grundstück. Ich klettere über den Schutt und gelange auf den Kamm einer Mauer hinter einer staatlichen Schule. Ich springe in den Hof und lande neben einem Kerl mit Rollkragen, der rauchend an der Mauer lehnt. Der Kerl sagt nichts; er sieht mich an, dann blickt er auf die Uhr, als hätte er schon ziemlich lange auf mich gewartet. Er geht mit mir los, und vielleicht ist er ein Lehrer, der heimlich raucht, um kein schlechtes Vorbild zu sein. Er begleitet mich seitlich an der Schule entlang, dicht an den Fenstern der Klassenräume, und ein paar Schüler witzeln über unsere Köpfe. Er raucht filterlose Zigaretten, die er auf dem Deckel seiner Uhr festklopft, ehe er die eine an der anderen anzündet. Und ich verstehe nicht, wieso er in seinem bis zum Hals geschlossenen Wollpullover nicht erstickt.

Wenn ich losliefe, würde er mich nie einholen. Ich könnte ins Garagengeschoß eines Hochhauses rennen, von dort in eine andere Straße springen. Aber als er an einer Kneipe haltmacht, um Zigaretten zu kaufen, warte ich draußen, warum, weiß ich nicht. Allmählich gewöhne ich mich an diese schweigsame Begleitung; fast so, als wäre ich mit einem Verwandten unterwegs, einem weit älteren Bruder oder einem als Nachkömmling geborenen Onkel. Wir betreten ein Shopping-Center. Die Boutique, in der meine Ex-Frau arbeitet, hat kein Ladenschild, aber ich erkenne sie von weitem. Ich sehe die Boutiquenbesitzerin in der Tür und weiß nicht, ob sie mich gesehen hat, denn sie dreht sich um und geht hinein.

Die Tür der Boutique ist verschlossen. Meine Ex-Frau sitzt auf dem Teppichboden mit dem Rücken zur Auslage, und drapiert die Kleidungsstücke. Sie breitet die Arme aus, zieht mit spitzen Fingern einen Seidenschal straff und wirft ihn in die Luft. Der Schal landet in der Form eines Schmetterlings, aber sie gibt sich noch nicht zufrieden und wiederholt die Prozedur. Meine Ex-Frau sitzt immer so auf dem Fußboden, die Beine wie zu einem W nach außen angewinkelt, was ich auch mal versucht habe, und der Erfolg war ein Krampf. Sie trägt einen Dutt, und im Nacken sind ihre Haare dünner und heller als die übrigen Haare und ringeln sich. Ich habe das Gefühl, wenn ich nur leicht puste, richten sie sich auf. Ich klopfe an die Schaufensterscheibe, aber sie ringt weiter mit dem Schal. Der bleichgesichtige Verkäufer läuft mit Kleiderbügeln hin und her, und es scheint, daß er mich absichtlich nicht sieht. Er reicht meiner Ex-Frau die Kleider mit abgewandtem Gesicht, als reichte er einer schamhaften Frau im Bad das Handtuch. Die Boutiquenbesitzerin prüft hinter dem Ladentisch die Bücher. Sie ist weitsichtig, aber sie will keine Brille aufsetzen, deshalb hält sie das Kassenbuch weiter weg und bekommt dadurch einen mißtrauischen Ausdruck.

Ich drücke auf den Knopf, den ich gerade neben der

Tür entdeckt habe, und höre es nicht klingeln. Die Scheiben müssen schalldicht sein, denn die Boutiquenbesitzerin sagt etwas zu meiner Ex-Frau, und das höre ich auch nicht. Jetzt drückt der Lehrer, den ich inzwischen schon vergessen hatte, auf die Klingel. Drinnen reagiert niemand, aber daß die Klingel defekt ist, kann einfach nicht sein. Die Geschäftszeit ist noch nicht um, und die Tür dürfte eigentlich gar nicht abgeschlossen sein. Ich beschließe, den Finger so lange auf dem Knopf zu lassen, bis sich etwas tut. Was sich tut, ist, daß die Besitzerin das Buch zuklappt, mit der Hand auf den Tisch schlägt und nach dem roten Telephon greift. Meine Ex-Frau springt auf, legt der Besitzerin eine Hand auf die Hand und kann sie davon abbringen, die Polizei zu rufen. Als die Besitzerin den Hörer auflegt, drückt der Lehrer seinen Finger auf die Klingel. Ich ziehe ihn am Arm zurück, und er torkelt kurz. Er sieht auf die Uhr, zündet eine Zigarette an der anderen an, geht weg und fährt die Rolltreppe hinauf.

Ich will gerade dem Lehrer hinterherlaufen, da sehe ich eine breithüftige Dame in einer Tunika zur Boutique kommen und hineingehen. Ich laufe zurück, aber da haben sie die Tür wieder abgeschlossen. Ich drücke auf die Klingel, und nur die breithüftige Kundin sieht zu mir hin. Dann rüttele ich an der Tür, und plötzlich gibt es einen Knall. Die Boutiquenbesitzerin stößt einen Schrei aus, die Kundin wankt hin und her, der bleiche Verkäufer hält einen Kleiderbügel hoch, und meine Ex-Frau läuft zum roten Telephon. Die Verbundglastür ist geborsten, fast zu Pulver zerfallen, auf der Schwelle und in meinen Haaren liegen Häufchen von bläulichen Körnern. Meine Ex-Frau hat drei Nummern gewählt und spricht leise, eine Hand vor dem Mund und der Sprechmuschel. Jetzt ist keine Tür mehr da, aber ich habe auch keine Lust mehr hineinzugehen. Ich habe vergessen, was ich mir überlegt hatte, meiner Ex-Frau vorzuschlagen.

Ich gehe weiter und sehe mir andere Schaufenster an. An der Rolltreppe treffe ich mit dem Lehrer zusammen, der gerade vom Obergeschoß heruntergekommen ist. Aber er hält nicht mehr mit mir Schritt; wenn ich gehe, bleibt er stehen, wenn ich stehenbleibe, geht er, er betritt ein Papierwarengeschäft mit Drehtür und kommt wieder heraus. Auf dem Bürgersteig vor dem Shopping-Center parkt ein weißer Kleinbus mit weißen Scheiben, auf der Motorhaube steht »aicnâlubma« und auf den Türen »Sanatório Dr. Berdoch«. Ein großer Krankenpfleger steigt lächelnd aus und geht mit ausgebreiteten Armen auf den Lehrer zu. Dieser sieht auf die Uhr, läßt sich umarmen und steigt mit dem Krankenpfleger in den Wagen.

Ich überlege gerade, in welche Richtung ich gehen soll, da knallt eine schwere Hand auf meine Schulter, daß mein Schlüsselbein kracht. Ich denke, es ist wieder ein Pfleger; aber es ist ein noch größerer Kerl in einem beigefarbenen Zweireiherjackett, der nach Lavendel duftet; wahrscheinlich der Wachmann des Shopping-Center, denn jetzt klopft er mich ab. Ein schwarzer Wagen mit schwarzen Scheiben hält da, wo die Ambulanz gestanden hat, und hupt siebenmal kurz und rhythmisch. Der Wachmann reagiert auf das Hupen und läßt mich stehen. Er muß den Oberkörper vorbeugen, um die Frau im Wagenfonds zu verstehen, und steht mit hochgerecktem Hintern da. Der Chauffeur steigt aus und öffnet mir zum Einsteigen die hintere Tür.

9 Die dünne Freundin meiner Schwester sitzt seitwärts gebeugt, den Kopf in einer Tennistasche, in der sie mit beiden Händen kramt. Sie sagt »Hallo« und noch etwas, das ich nicht verstehe, ihre Stimme wird verschluckt. Sie trägt einen kurzen weißen Faltenrock und hat Oberschenkel, die kaum dicker als ihre Waden sind und ohne eine Spur von Zellulitis. Als der Wagen in den Tunnel fährt, sehe ich, daß es eine Binde ist, wonach sie in der Tasche gesucht hat. Jetzt ist es dunkel, aber ich kann noch sehen, wie sie die Binde aufreißt und die Füllung mit Parfüm tränkt, das sie aus einem tränenförmigen Flakon draufträufelt. An der Tunnelausfahrt fängt sie an, mir mit der parfümierten Watte die rechte Gesichtsseite abzutupfen. Sie hebt die Glasstückchen ab, die mir aus dem Haar gerollt und unterwegs in die offenen Wunden gedrungen sind. Es ist mehr Glas, als ich dachte, denn als sie die Watte zusammendrückt, knirscht es.

Der Chauffeur wendet an einer verbotenen Stelle, biegt auf eine provisorische Überführung ab, fährt durch ein paar Privatstraßen, und zu meiner Überraschung geht es dann die Hänge hinauf, die zu der Wohnanlage meiner Schwester führen. Ich will nicht zu meiner Schwester. Ich werfe einen Blick zu der Dünnen, und jetzt sitzt sie mit zusammengepreßtem Mund da; verkniffene Lippen, der Mund einer rachsüchtigen Frau. Gut möglich, daß ihr eingefallen ist, wie sie sich an dem Abend neulich an mich geklammert hat, als ich aus dem Ankleidezimmer kam, und wie ich sie im Halbdunkel habe stehenlassen. Vielleicht macht ihr Alter ihr gerade zu schaffen, und die Erinnerung wird für sie immer mehr zur Marter, während der Wagen die Steigungen hinaufholpert. Sie wird den Chauffeur antreiben, ihm sagen, er soll die Klimaanlage auf die höchste Stufe stellen. Sie wird den Blick zur Decke richten, auf den Hinterkopf des Chauffeurs, aus dem fast undurchsichtigen Fenster sehen, den Blick senken. Sie wird die Knie zusammenpressen und verfluchen, daß sie Oberschenkel hat, die nicht einmal, wenn sie sitzt, aneinanderstoßen. Sie wird den Wattebausch auseinandernehmen und mir am liebsten jeden Splitter einzeln wieder in die Wunden drücken. Ich ahne schon, wenn wir das Haus betreten, wird meine Schwester beim Anblick des Gesichts ihrer Freundin sagen, »Mädchen, was ist mit dir?« Und dann wird die Dünne auf mich zeigen, ohne mich anzusehen; da sie mich für ihre Schmach nicht verurteilen kann, wird sie auf einmal schielen und mich als Juwelendieb denunzieren.

Ich mache mich bereit, auszusteigen, sobald wir am Wachhäuschen halten, aber der Wachposten erkennt den schwarzen Wagen von weitem und öffnet schon vorher das Tor. Ich hätte mich auf die Dünne stürzen, an ihren Lippen saugen und ihr einen Zungenkuß aufzwingen können. Ich hätte eine Hand unter das Röckchen schieben können, alles hätte ich hier an Ort und Stelle ruckzuck machen können, aber der Chauffeur jagt wie von Sinnen hinauf in die Wohnanlage, läßt die Reifen quietschen, die Hupe aufheulen und rast in den Garten des Hauses Nummer 16, daß sich der Rasen sträubt.

Die Dünne greift nach dem Tennisschläger hinter der Sitzlehne, steigt aus und läuft hüpfend zum Tennisplatz. Ich gehe mit der Tasche, die sie auf dem Sitz stehenlassen hat, hinterher. Wenn ich es überlege, kann sie den Schmuck in meinen Taschen an dem Abend nicht bemerkt haben. Ich glaube sogar, daß sie gar nicht genau gesehen hat, woher ich kam. Womöglich ahnte sie an dem Abend nicht mal, wen sie da umklammerte. Sie hüpft um den Swimmingpool herum zum Tennisplatz, und wer sich mit einer schwerwiegenden Anschuldigung trägt, hüpft nicht so.

Mein Schwager spielt gegen eine Betonwand an der Längsseite des Tennisplatzes. Er trägt lose über den Shorts ein senfgelbes Polohemd mit einem Krokodil auf der linken Brustseite. Er kommt ans Netz, tauscht mit der Dünnen zwei Küßchen und richtet an mich eine Art militärischen Gruß. Die Dünne fragt, »Hat sie angerufen?«, und er sagt, »Nein.« Die Dünne sagt, »Dann ruft sie bestimmt heute an«, und er, »Ich glaube nicht.« Mein Schwager hat in wenigen Tagen mehrere Kilo zugenommen, er ist außer Atem und stützt sich mit einem Arm auf der Schulter der Dünnen ab. Zuerst wirkte er braungebrannt, aber aus der Nähe sieht seine Haut nach therapeutischer Bräunung aus. Die Dünne sagt, »Auf dem Flughafen, fand ich, sah sie furchtbar bedrückt aus.« Sie kneift mit den Fingernägeln das blaue Krokodil auf seinem Hemd zusammen und sagt, »Aber da drüben erholt sie sich ganz fix.« Sie gehen auf ihren Feldern in Position und schlagen den Ball träge hin und her. Ich entnehme dem, daß meine Schwester verreist ist. Am Tag davor, beim Kofferpacken, hat sie bestimmt nach ihrem Schmuck gesucht. Es wird schon fast dunkel, und das Flutlicht schaltet sich von allein an.

Jetzt beginnt die Partie. Mein Schwager wirft den Ball mit einer Hand in die Luft, und mit der anderen schmettert er den Aufschlag, wobei er brüllt, als hätte er einen Schlag in die Magengrube bekommen. Der Ball landet im Netz. Beim zweiten Aufschlag brüllt er nicht, verzieht nur den Mund, und der Ball hat einen Drall, als er auf der andern Seite aufschlägt. Die Dünne, die ihren Schläger mit beiden Händen hält, tritt mit einem Bein vor das andere und schlägt ihn zu meinem Schwager zurück, der den Ball an die Grundlinie ihres Feldes setzt und ans Netz läuft. Ich dachte, die Dünne würde nicht rechtzeitig da sein, aber sie schafft es, schwingt den Schläger wie eine Sense und schickt den Ball hoch in die Luft. Mein Schwager hebt den Schläger in den Nacken und holt zum Schmettern aus, aber der Ball fliegt in hohem Bogen über ihn hinweg, und er läuft rückwärts und gerät aus dem Lot, sein Körper ist schneller als die Beine, die Dünne gibt ein »Ach du Scheiß« von sich, und er landet mit dem Rückgrat am Maschendrahtzaun. Er stellt sich wieder zum Service auf, jetzt auf der linken Seite, und sieht sich eine ganze Weile lang seinen Schläger an und zupft an den Saiten. Ich werfe ihm den Ball zu, der bei mir liegengeblieben ist, aber er lehnt ihn mit einem Fußtritt ab. Er nimmt aus seiner Shortstasche genauso einen Ball wie meinen, wirft ihn hoch, stößt seinen Schrei aus, schmettert drauf, und der Ball geht ins Aus. Die Dünne macht einen Schritt seitwärts, wartet auf den zweiten Aufschlag, aber er sagt, »Toller Ball!«, sagt, »Fünfzehn beide« und nimmt wieder die Ausgangsposition ein. Ich habe genau gesehen, daß der Ball zwei Handbreit außerhalb der Linie aufgeschlagen ist, aber die Dünne protestiert nicht, sie kratzt sich am Kopf und geht in Stellung, um den nächsten Ball zu parieren.

Ich steige auf den hochbeinigen grünen Schiedsrichterstuhl. An der Grundstücksgrenze, stelle ich fest, ist die Mauer mit einer frischen Lage Ziegel auf doppelte Höhe aufgestockt worden. Es fehlt nicht mehr viel, dann überragt die Mauer die Baumwipfel des städtischen Waldes. Ich bin davon überzeugt, daß mein Schwager die Mauer immer höher ziehen wird, bis der Blick auf die Berge versperrt und die Flugschneise für Hubschrauber blockiert ist. Wenn meine Schwester zurückkommt, wird hier drin kein Wind mehr wehen, und die Tage werden wesentlich kürzer sein. Mein Blick bleibt an der Mauer hängen, ich höre den Ball auf dem Kunststoffbelag hüpfen, hin und her, immer hin und her, die Stimme meines Schwagers klingt immer ferner, ich habe das Gefühl, schrittweise angehoben zu werden, als befände sich mein Stuhl auf einem Kran. Oder ist es vielleicht so, daß mein Schwager langsam in einem Krater versinkt, begraben unter einer Lawine von Tennisbällen? Als er den Schläger auf die Erde wirft und sagt, »So kann ich mich nicht konzentrieren«, komme ich zu mir. Ich habe nichts getan, war nur in Gedanken, merke aber gleich, daß der Butler schuld ist, der soeben den Tennisplatz betreten hat, ohne um Erlaubnis zu fragen.

Der Butler stellt das Tablett auf einem grünen Tisch ab und nimmt drei schwitzende Gläser und eine mit einer Eisschicht überzogene Wodkaflasche aus einem Kübel. Mein Schwager und die Dünne gehen an den Platzrand, er wischt sich das Gesicht und den angeschwollenen Hals mit einem Handtuch ab. Ich steige vom Stuhl, und der Butler serviert in Handschuhen den Drink. Als er sich umdreht, um mir mein Glas zu reichen, sehe ich auf seiner rechten Gesichtshälfte einen Bluterguß, der von der Schläfe bis zum Kiefer verläuft; rund um eine Vertiefung mit gelblicher Haut heben sich drei wulstige Ringe in Granatrot, Violett und Schwarz ab, während der Mundwinkel eine gequetschte Blutbeule ist. Als er mit dem leeren Tablett geht, sagt die Dünne, »Armer Kerl.« Sie trinkt den Wodka auf einen einzigen Schluck und ruft, »Hidrólio!« Der Butler bleibt stehen und sagt, »Senhora?«, und die Dünne, »Ach nichts, schon gut.« »Ich dachte, Hidrólio wäre taub geworden«, sagt sie, aber mein Schwager erklärt, daß er den Geruchssinn verloren hat. Und daß der Arzt noch nicht weiß, ob die Anosmie eine Folge der Kolbenschläge oder des Schocks ist. Die Dünne knackt mit den Fingern, sagt, »Ach so!« und geht in der Tennistasche wühlen, die ich auf einer grünen Lattenbank abgesetzt habe. Sie kommt mit einem Miniaturklavier zurück und hebt den Deckel an, woraufhin ein Walzer erklingt. Sie nimmt eine Kreislauf-Tablette aus dem Klavier, die phantastisch wirkt, wie sie beteuert, und läßt sie meinen Schwager mit Wodka einnehmen, weil das die Wirkung steigert.

Sie trinken noch ein Glas und verlassen wortlos den Tennisplatz, er trägt die beiden Schläger und ihre Tasche. Ich folge ihnen zum Umkleideraum am Swimmingpool, aber sie gehen weiter zur Sauna und schlagen die Tür schnell zu, damit der Dampf nicht entweicht. Ich drehe drei Runden um den Swimmingpool, dann gehe ich zum Tennisplatz zurück. Die Wodkaflasche ist halb leer, und ich kippe ein Glas auf einen Schluck. Ich schlendere einmal um den Platz, meine Turnschuhe quietschen auf dem grünen Gummibelag. Ich greife wieder zum Wodka und trinke den Rest direkt aus der Flasche. Die Unmenge gelber Bälle am Drahtzaun erinnert an Blumenbeete. Ich sammele sie einzeln auf und will mir irgendein Spiel ausdenken. Als ich schon eine ganze Menge zusammenhabe, gehen die Scheinwerfer aus. Ich werfe die Bälle in die Luft, und sie phosphoreszieren. Eine Sekunde lang empfinde ich so etwas wie Freude und habe das Gefühl, mehr Luft einzuatmen, als ich brauche.

Beim Verlassen des Tennisplatzes stoße ich gegen den Tisch und werfe den Kübel mit der Flasche um, wobei die Gläser zu Bruch gehen. Ich betrete den Umkleideraum, schalte das Licht an, zwänge mich in die Sauna und schließe schnell die Tür; aber es ist kein Dampf mehr da, und das Wasser, das auf den Fliesen steht, ist schon fast kalt. Auf den Bänken ein Handtuch, eine Flasche Haarspülung, ein Wegwerfrasierapparat und ein gestreiftes Schaumstoffkopfkissen. Ich breite das Handtuch aus, lege mich darauf, das Kopfkissen gluckert an meinem Ohr, und ich denke, daß ich einschlafen werde. Ich denke, daß ich schon schlafe, als vor mir in der Tür ein junger Bursche mit Turban steht. Drei Dobermannwelpen rennen zwischen seinen Beinen hindurch und rutschen bäuchlings über die Fliesen. Der Bursche hat am bandagierten Kopf einen Jodfleck, wedelt mit einem Putztuch und sagt, das Abendessen stehe auf dem Tisch.

Als ich das Eßzimmer betrete, begegnet mir meine Nichte mit entstelltem Gesicht. Ich setze mich ihr gegenüber, und es ist offensichtlich, daß sie mit dem Make-up ihrer Mutter gespielt hat. Ihre eine Wange ist grün, die andere mit einer Schicht braunem Rouge bedeckt, und der mit Lippenstift beschmierte Mund sieht wie eine Tomate aus. Sie kratzt mit den Gabelspitzen über den leeren Teller, und der Arm der Dünnen neben mir bekommt eine Gänsehaut. Der Butler trägt eine Platte mit einem gebackenen Wrackbarsch herein, den er à la française serviert. Nach der Dünnen bin ich an der Reihe, aber ich habe keinen Appetit auf Fisch. Ich picke mir ein paar Röstkartoffeln heraus, nehme einen halben Löffel Maniokfüllung dazu, aber nichts schmeckt mir. Ich trinke ein Glas Weißwein und fürchte, ich habe den Geschmackssinn verloren. Das Mädchen kratzt wieder auf der Tellerglasur, daß es mir in den Zahnwurzeln zieht. Mein Schwager legt sich eine dicke Scheibe auf, dann gräbt er einen Tunnel in den Fisch und holt noch mehr Füllung heraus. Der Butler trägt den Fisch weg und kommt mit einer Platte Reis zurück. Die Dünne gibt Anweisung, den Reis auf den Tisch zu stellen und endlich die Kleine zu bedienen, die jetzt mit dem Messer quer über den Tellerboden schabt. Der Butler kommt mit einer dampfenden Terrine ohne Deckel. Er füllt den Teller des Mädchens mit Ravioli in weißer Soße und streut Parmesankäse darüber. Das Mädchen macht sich daran, die mit Spinat gefüllten Ravioli zu zerdrücken. Sie merkt, daß ich sie beobachte, und hebt den Teller mit beiden Händen hoch, als wollte sie mir die Ravioli anbieten. Aber plötzlich kippt sie den Teller über ihrem Kopf um, und die Béchamelsoße läuft über ihr geschminktes Gesicht. Das Kindermädchen kommt und bringt die Kleine hinaus.

Die Dünne legt ihr Besteck auf den Teller und fängt an, »Hmmmmmmm« zu singen, eine merkwürdige Melodie, die sie sich wahrscheinlich gerade ausdenkt. Eine feuchte Locke hängt wie eine Feder auf ihrer Stirn, und sie trägt einen gepunkteten Hosenanzug mit einer Kapuze auf dem Rücken. Mein Schwager sagt mit etwas Maniokfüllung im Mund, daß er zwei Gespräche mit der Psychologin des Mädchens geführt hat. Man hat ihm geraten, offen mit seiner Tochter zu sprechen, denn obwohl sie schlief, habe sie alles, was in der Nacht des Überfalls geschah, über irgendeinen Kanal registriert. Eine Weile herrscht Schweigen, während der Butler um den Tisch geht und die Weingläser auffüllt. Anschließend gibt die Dünne der Psychologin recht und sagt, das Mädchen müsse seine Phantasien bearbeiten. Mein Schwager sagt, »Scheiße«, schiebt den Teller mit einem Rest Fischhaut und Gräten beiseite und sagt, daß er noch heute den Geschmack vom Eisen an seinem Gaumen spürt. Der Butler kommt mit dem Servierwagen herein und räumt die Teller ab, ohne sie übereinanderzustellen. Ich will die Pause nutzen und mich verabschieden, aber die Dünne hüpft auf ihrem Stuhl hoch und sagt, »Ich hab's«; sie klappt ein elektronisches Notizbuch auf und erinnert uns daran, daß aufgrund der Zeitverschiebung meine Schwester um diese Zeit schon im Hotel sein muß. Der Butler bringt das drahtlose Telephon auf einem Tablett. Mein Schwager schickt den Butler zurück und sagt, daß meine Schwester abschalten muß. Ich versuche, mir meine Schwester in einem Hotelzimmer im Ausland vorzustellen, aber mein Schwager unterbricht mich mit der Frage, ob ich die Gesichter der Gangster in der Zeitung gesehen habe. Ich habe nichts gesehen, nicke aber mit dem Kopf, um das Gespräch abzukürzen. Die Dünne sagt, daß der große Junge, der wie ein Surfer aussah, ihr leid getan hat. Mein Schwager sagt, daß der am gefährlichsten war, weil er total unter Drogen stand. Die Dünne glaubt nicht, daß der Surfer schlimmer als der große Schwarze war. Mein Schwager sagt, daß der Schwarze wenigstens ein Profi war, dem zitterte nicht die Hand. Der Butler kommt mit dem Dessertwagen herein, und die Dünne singt »Hmmmmmmmm«. Ich denke an meine Schwester, wie sie auf der Hotelbettkante sitzt, vielleicht die Kreislauftablette mit Portwein einnimmt, und mein Schwager fragt, ob ich die Geschichte mit den Dollar gelesen habe, die die Zeitungen konstruiert haben. Ich nicke bestätigend und möchte das Thema wechseln, aber die Dünne sagt, daß die Zeitungen den Bericht aufbauschen mußten, denn zu veröffentlichen, daß die Einbrecher dieses Haus mit leeren Händen verlassen haben, das wäre witzlos gewesen. Mein Schwager sagt, daß kein Mensch eine Million Dollar im Haus aufbewahrt, daß im übrigen niemand mehr einen Safe im Haus benutzt. Die Dünne klopft dreimal auf das Holz ihrer Stuhllehne und sagt, beim nächsten Überfall müßte man die Gangster am besten mit einer Million Dollar an der Haustür empfangen. Dem stimmt mein Schwager zu, denn dann bliebe ihm erspart, drei Stunden lang einen Revolverlauf im Mund zu haben. Und meine Schwester müßte auch nicht wie eine Verrückte das Ankleidezimmer nach dem Schmuck durchwühlen, wie die Dünne sagt. Worauf sie mich am Arm anstößt. Der Butler kommt Wein einschenken, und mein Schwager sieht es, als sie mich zum zweitenmal anstößt. Ich tue, als gälte es nicht mir, aber sie legt ihre Hand auf meine und fragt, ob ich lieber Zimteis oder Pflaumeneis möchte oder eine Kugel von jedem. Mein Schwager sagt, daß die Zeitungen in diesem Punkt anständig waren und Rücksicht auf meine Schwester genommen haben. Ich will mir vorstellen, wie meine Schwester verängstigt und langsam den Hotelflur entlanggeht, aber jetzt kann ich mir ihr Gesicht nicht in Erinnerung rufen. Mein Schwager fragt, ob ich weiß, daß meine Schwester den Gangstern angeboten hat, ihnen ihren gesamten Schmuck zu geben, und ich nicke bejahend. Er sagt, daß davon nichts in der Zeitung gestanden hat, aber die Dünne beteuert, daß die ganze Stadt über den Fall redet. Mein Schwager fragt, ob ich weiß, daß der Schmuck verschwunden ist. Ich sehe feuchte Maniokmehlreste auf der Unterlippe meines Schwagers und wische mir mit der Serviette über den Mund. Er fragt, ob ich weiß, was die Gangster mit meiner Schwester auf dem Fußboden des Ankleidezimmers gemacht haben. Trotz der zentralen Klimaanlage steht meinem Schwager dicker Schweiß auf der Stirn und auf dem Hals, und seine Augen quellen hervor. Er sagt, »Das weißt du also?« und setzt nach, »He?« und hofft, daß ich »Nein« sage, um sein zwanghaftes Bedürfnis zu befriedigen, alles zu erzählen, was sie mit meiner Schwester auf dem Fußboden des Ankleidezimmers gemacht haben. Ich nicke bejahend, und der Butler teilt mit, daß der Kommissar gleich eintrifft. Die Dünne gibt dem Butler Anweisung, den Kaffee im Salon zu servieren.

10 Es passiert nicht zum erstenmal, daß mir die Knie weich werden, wenn ich abrupt aufstehe. Ich mache drei unbeholfene Schritte, ehe ich mich fange, und die Dünne lacht, sie glaubt, ich sei betrunken. Ich muß an meinen Vater denken, der über eingeschlafene Gliedmaßen klagte, er hielt sich für herzkrank und ließ sich jeden Monat durchchecken. Als wir das Eßzimmer verlassen, die Dünne voran und mein Schwager gleich hinter mir, stürze ich zur Toilette. Immer wenn ich dringend urinieren muß, bedauere ich, daß ich den Schwanz rechts trage, weil das die verkehrte Seite ist und mich zwingt, ihn einzuknicken, bevor ich ihn herausholen kann. Endlich ziele ich in die Mitte des Klosetts, meine Blase ist bis oben hin voll, aber die Flüssigkeit brennt und weigert sich herauszufließen. Irgend etwas hemmt mich. Als ob die Hand, die meinen Schwanz hält, nicht mir gehörte. Mich überkommt das Gefühl, daß ein Unsichtbarer neben mir steht und meinen Schwanz hält. Ich schüttele diese fremde Hand, bewege die Fingergelenke, fasse anders an, werde mir meiner Hand bewußt, aber jetzt ist es so, als ob ich an dem Schwanz eines Fremden vor mir hantierte. Inzwischen spüre ich meine Blase nicht mehr, ich gebe auf und ziehe den Hosenschlitz zu.

Der Butler wartet vor der Toilette, um mich von einem Salon zum anderen durch einen Flur zu geleiten, der so breit ist, daß er schon selbst ein Salon ist. Unterwegs liegt eine Kollektion unterschiedlicher Teppiche in asymmetrischer Anordnung auf dem Holzdielenboden. Ich stelle mir ein Archipel vor, was mich dazu bringt, von einem Teppich zum nächsten zu springen, ein paarmal mit Gepolter. Zwischen dem letzten Teppich und dem Marmor des Hauptsalons liegt ein Holzozean, auf den ich widerstrebend den Fuß setze.

Obwohl sie mich nicht sehen können, weiß ich, daß sie meine Nähe spüren, denn im Salon herrscht Schweigen. Ich denke, zwei Bekannte können ein Thema erschöpfend besprechen, vier können Blicke wechseln und sich gegenseitig für eine Weile zum Schweigen bringen, aber daß drei Leute still in einem Raum sitzen, ist nicht normal, schon allein wegen der Unruhe der ungeraden Zahlen. Schließlich hustet die Dünne, ohne husten zu müssen, und mein Schwager deutet mit erhobener Tasse auf mich und sagt, »Das ist er.« Der Kommissar erhebt sich flink, wobei er den Eindruck erweckt, gleichzeitig den Bezug vom Sofa abzuziehen, denn sein gewürfeltes Jackett sieht genauso aus wie der englische Möbelstoff. Er kommt lächelnd auf mich zu, ein junger Mann, einen Meter fünfundneunzig, die Haare zu einem kurzen Pferdeschwanz zusammengebunden, Jeans, Wildlederstiefel mit hohem Absatz, und streckt mir die Hand entgegen. Ich weiß nicht mehr, ob ich ihn aus dem Fernsehen kenne, von Photos in der Zeitung oder von Illustriertentitelblättern, aber ich weiß, daß es sich um einen berühmten Mann handelt; um einen, bei dem die Leute zweimal hinsehen, wenn sie ihm begegnen, denn beim erstenmal wirkt die Haut unecht, und das macht der Ruhm.

Er begrüßt mich in der Art, die er für informell hält, mit quer gehaltener Hand, legt mir die andere auf den Rücken und führt mich zu einem Sessel ohne Armlehnen. Dann läßt er sich fast liegend, die Beine über Kreuz auf dem Couchtisch, wieder auf seinem Sofa nieder. Er nimmt ein Glas mit blauem Likör in die Hand, trinkt ihn aber nicht und spricht wie einer, der Karten verteilt, wobei er jeden von uns in genau bemessenen Abständen betrachtet. Manchmal scheint er sich auch an einen im Raum schwebenden Gesprächspartner zu richten, der, wie ich herausfinde, sein Spiegelbild in den schrägen Glasflächen ist.

Dem, was der Kommissar sagt, entnehme ich, daß er eines Nachts in einem Auto mit eingeschalteter Sirene durch diese Wohnanlage hinaufgefahren ist und beim Betreten des Hauses zwei erschossene Wächter vorgefunden hat, drei ebenfalls erschossene Hunde, einen im Sterben liegenden Chauffeur, zwei weitere am Kopf verletzte Hausangestellte, zerbrochene Fensterscheiben, von Streifschüssen beschädigte Wände und Kunstwerke, frisches Blut auf der großen Treppe, ein ans Kind geklammertes Kindermädchen in einem Zimmer, das eheliche Schlafzimmer vollkommen durchwühlt, das Ankleidezimmer, meine total verstörte Schwester. Nach Eintreffen der Ambulanzen hat er in der Anrichte mit meinem stammelnden Schwager im Pyjama einen Drink genommen und sich wahrscheinlich viermal den Bericht angehört, was sie mit meiner Schwester auf dem Fußboden des Ankleidezimmers gemacht haben. Weiter entnehme ich seinem Bericht, daß er frühmorgens sieben Mann Unterstützung für eine Razzia in einer am anderen Ende des Waldes am Berg zusammengepferchten *favela* angefordert und dort zwei entflohene Zuchthäusler dingfest gemacht hat, die keinen Widerstand leisteten und gestanden, den Überfall begangen zu haben. Er hat ihre Hütte durchsucht und dabei allerhand Drogen sowie ein ganzes Waffenarsenal beschlagnahmt: Handgranaten, Maschinenpistolen mit Magazinen, Pistolen, Flinten und Gewehre, die ausschließlich von den Streitkräften benutzt werden. Währenddessen haben die Gangster zu fliehen versucht, sind aber von Mitgliedern des Polizeiaufgebots am Fuß des Hügels zur Strecke gebracht worden. Die Waffen und Drogen sind vom Kommissar bei einer Pressekonferenz in dem von ihm geleiteten Revier präsentiert worden, was seinem Stellvertreter, einem Mann mit grauem Kraushaar und schon länger im Dienst als er, der das Scheinwerferlicht der Filmleute und den Pferdeschwanz seines Vorgesetzten verabscheut, sauer aufgestoßen ist.

Nach einem Mittagsimbiß im Stehen mit ein paar Reportern in der Kantine hat sich der Kommissar wahrscheinlich in seiner Wohnung im Stadtzentrum, in der er vermutlich allein lebt, geduscht und umgezogen. Am frühen Nachmittag ist er zum Haus meiner Schwester gefahren, wie er es meinem Schwager versprochen hatte, und hat die beiden beim Frühstück an dem ovalen Tisch im Wintergarten angetroffen. Er hat sich gern einen Maracujasaft geben lassen und die neuen Sicherheitsvorkehrungen aufgezählt, die er dem Ehepaar empfehlen würde, wie etwa, an den Mauern elektrische Drähte zu installieren, regelmäßig das gesamte Hauspersonal auszuwechseln und für jedes Familienmitglied zwei Leibwächter zu engagieren. Mein Schwager hat die Instruktionen auf einem Diktiergerät aufgenommen und sich dann entschuldigt, daß er gehen müsse, denn er habe eine Besprechung mit seinen Anwälten.

Der Kommissar sagt es nicht, aber ich könnte fast schwören, daß meine Schwester ihn überredet hat, noch etwas zu bleiben. Sie könnte ein ärmelloses Kleid getragen haben, und als sie ihn zu einem Spaziergang durch den Garten einlud, hat sie bestimmt bedacht, daß ihre Ringe unter den Augen im Tageslicht deutlich zu sehen sein würden und daß ein Polizist Frauen mit Ringen unter den Augen attraktiv finden könnte. Während sie die Mittelallee entlanggingen, könnte sie vorsichtig das Thema Schmuck angesprochen haben. Ich stelle mir vor, daß der Kommissar gesagt hat, er habe bereits eine Überwachung der Hehler angeordnet oder den Geliebten des Zimmermädchens überprüfen lassen. Da könnte sie stehengeblieben sein, ihm in die Augen gesehen und ihn aufgefordert haben, die Anzeige doch bitte zurückzunehmen und den Fall als erledigt zu betrachten. Daß diese Frau jemanden decken möchte, dürfte den Kommissar weniger verwirrt haben als die Tatsache, daß er sie abermals so schutzlos ausgeliefert erlebte, als läge sie noch immer im Nachthemd auf dem Fußboden im Ankleidezimmer.

Am späten Nachmittag ist der Kommissar in seine Wohnung gefahren, aber ich nehme an, daß er, obwohl übernächtigt, nicht hat schlafen können. Nach dem Abendessen ist er noch einmal zum Haus meiner Schwester gefahren, unter dem Vorwand, die neu engagierten Nachtwächter zu testen. Mein Schwager hat ihn hier in diesem Salon empfangen, und er hat auf dem englischen Sofa, auf dem er sich heute rekelt, einen ziemlich verkrampften Eindruck gemacht. Er hat vermieden, nach meiner Schwester zu fragen, vermutlich alle Augenblicke seine Sitzhaltung verändert und sich jedesmal den Hals verrenkt, wenn der Butler mit dem eisgekühlten Wodka oder den kleinen Kroketten hereinkam. Amüsiert über die Szene und darauf bedacht, sie in die Länge zu ziehen, hat mein Schwager die Nachricht von der überraschenden Abreise meiner Schwester garantiert unterschlagen. Und die Gelegenheit genutzt, in aller Ruhe über den *sítio* zu sprechen, den die Familie seiner Frau in den Bergen besitzt. Bestimmt hat er ihn derart minutiös beschrieben, daß selbst ein Amateurdetektiv gemerkt hätte, daß er nie dort gewesen ist. Aber er wird nicht versäumt haben, den *sítio* als Paradies zu bezeichnen sowie die Größe des Grundbesitzes und den Wert pro Quadratmeter zu erwähnen, bevor er angesprochen hat, daß sich derzeit Kriminelle auf dem Besitz breitgemacht haben. Er hat seine Besorgnis geäußert, daß in Anbetracht der Tatenlosigkeit der örtlichen Behörden, der Saumseligkeit der Justiz und der Wertminderung der Immobilien in der betroffenen Gegend die Situation wohl ausweglos sei. Dann hat er gestanden, daß er sich momentan in finanziellen Schwierigkeiten befinde, und, nach wie vor im Namen der Familie seiner Frau, sein Interesse bekundet, den Besitz abzustoßen, was sich nicht bewerkstelligen lasse, solange dieser rechtswidrige Zustand bestehe. Als er den Kommissar zur Tür begleitete, hat mein Schwager ihm mit Bedacht gesagt, daß meine Schwester an diesem Abend ins Ausland fliege, aber bald zurückkomme und ihn habe grüßen lassen.

Jetzt eröffnet der Kommissar uns, daß die Sache mit dem Besitz in den Bergen ernster sei, als er angenommen habe. Meinem Schwager teilt er mit, daß er angeordnet habe, die Personalien der Eindringlinge zu überprüfen. An die Dünne gerichtet, stellt er fest, daß es sich um Leute mit Verbindungen zu einflußreichen Kreisen handelt. Zu mir gewandt, schließt er mit den Worten, daß er den Einsatz heute abend persönlich leiten wird.

Er stellt das Glas mit dem blauen Likör auf dem Couchtisch ab, nimmt die übergeschlagenen Beine herunter und erhebt sich gleichzeitig, ohne sich auf dem Sofa abzustützen. Sagt, es sei für ihn an der Zeit, küßt der Dünnen die Hand und bittet sie, doch sitzen zu bleiben. Meinen Schwager, der schon aufgestanden ist, nimmt er in den Arm und sagt, er solle seinen Anruf morgen früh abwarten. Dann blickt er zur Glasfront und sagt, »Gehen wir?«, was auf mich so wirkt, als forderte er sein Spiegelbild auf, zum Einsatz mitzukommen. Aber anschließend zieht er mich mit der quer gehaltenen Hand aus dem Sessel, legt mir die andere auf den Rücken und führt mich durch Salons und Gärten.

In der mit großen, vornehmen Autos vollbesetzten Garage ist das gelbe Taxi fast eine Frechheit. Wir setzen uns hinein, ich auf den Rücksitz und der Kommissar vorne rechts. Der Hausangestellte mit dem bandagierten Kopf unterhält sich im Hof mit einem Menschen in glänzendem Anzug, der, wie mir von weitem scheint, mit beiden Händen einen dicken Fisch hochhält. Dieser Mensch zuckt zusammen, als der Kommissar auf die Hupe drückt, daß es in der Garage dröhnt, und kommt auf einem Bein angehüpft. Was er in den Händen hält, ist eine Beinprothese, die er durch das Fenster schiebt und auf dem Sitz neben mir ablegt, bevor er sich ans Steuer setzt. Der Wagen hat ein Automatikgetriebe, und an der Stelle für den Zähler befindet sich ein Funkgerät mit einem Mikrophon, das der Kommissar sich vor den Mund hält, um unsere Route durchzugeben. Wir fahren die steilen Straßen im Viertel meiner Schwester hinunter, und die Beinprothese rollt zu mir herüber. Ich streiche leicht über das künstliche Bein, es ist aus Plastik in jenem bräunlichen Ton, den man als hautfarben bezeichnet, obwohl die Haut seines Besitzers erheblich dunkler ist. Ich überlege, daß die Prothese eventuell gemietet oder in aller Eile aus dem Ausland beschafft worden ist, oder vielleicht hat er sie sich nach Durchsicht des Katalogs auch genau so ausgesucht. Gleich unterhalb der Stelle, wo sonst das Knie wäre, befindet sich eine Metallhülse mit Laschen, und ich schiebe eine Hand hinein, um zu sehen, ob das Bein hohl ist. Der Schuh ist klassisch, spitz und blank poliert, und die Seidensocke ist an der Wade festgeklebt.

Wir fahren in mäßigem Tempo durch die Stadt, und ich merke, daß sich hinter uns nach und nach andere Autos zu einer Kolonne sammeln. Ab den Vororten steigert der Fahrer die Geschwindigkeit, jetzt führt er eine lange Karawane an. Ich verfrachte die Beinprothese in den Hohlraum hinter dem Sitz und lehne mich zurück; die Kurven am Fuß der Berge machen mich immer schläfrig. Da an diesem Abend der Mond scheint, kann ich mir die vielen üppigen Bananenpflanzungen an den Hängen genauer ansehen und erkenne am Rand einer Plantage die getarnten Zelte. Ich sehe den Kommissar im Profil, höre aber nicht mehr, was er ins Mikrophon spricht und worauf der Fahrer mit anerkennendem Daumenzeichen reagiert. Ich stelle mir vor, daß er vielleicht leise singt und die Funkgeräte der Autos, die hinter uns fahren, seine Stimme empfangen können. Und daß die Insassen der anderen Autos »Pssst« machen, um die Darbietung besser hören zu können. Und daß der Gesang ganz intim klingt, die Labiallaute sehr deutlich, weil er den Mund so dicht ans Mikrophon hält. Und wenn ich die Augen schlösse, könnte ich auch das Lied des Kommissars hören und würde darüber staunen, daß ein so großer Mann so weich singen kann.

Das Taxi macht einen Satz über eine Temposchwelle und reduziert die Geschwindigkeit. Nachdem ich wieder richtig sitze, sehe ich am Straßenrand das Schild mit dem roten Pfeil und der Aufschrift »Posto Brialuz«. Wir fahren am Posto, der menschenleer ist, vorbei und biegen in eine Sandstraße ab. In dem vom Staub diffusen Scheinwerferlicht ist die Atmosphäre wie mittags an einem sehr dunstigen Tag. Menschliche Gestalten laufen neben den langsam fahrenden Autos her; wir befinden uns in einem Provinznest, dessen Einwohner vermutlich aus den Betten gestiegen sind, um den Konvoi zu begrüßen. Die Autos halten nebeneinander, und es sind Privatfahrzeuge unterschiedlicher Marken. Als der Staub sich legt, ist die ganze Batterie von Scheinwerfern auf eine gekachelte Hausfassade gerichtet, deren Tür und Fenster direkt zur Straße führen. Die Dorfbewohner ahnen, daß sich gleich etwas ereignen wird, und drängen sich zusammen. Da sie aber nicht viele sind und mit Ereignissen keine Erfahrung haben, schieben sie sich im geschlossenen Block über die angestrahlte Arena. Und laufen auseinander, als aus jedem Auto vier Männer steigen, Männer im Anzug und ohne Krawatte, deren Gesichter ich nicht sehen kann. Manche kehren mir den Rücken zu oder haben den Kragen hochgeschlagen, tragen Sonnenbrillen und tief in die Stirn gezogene Mützen. Andere kommen von vorn auf das Taxi zu, aber das grelle Scheinwerferlicht tilgt ihre Züge. Sie stellen sich vom Taxi zum gekachelten Haus zu einem Spalier auf, durch das jetzt der Kommissar mit den Händen in den Taschen seines gewürfelten Jacketts geht. Als sich die Tür des Hauses öffnet, verlangsamt er das Tempo und beschleunigt es wieder, sowie er im Türrahmen einen fast kahlköpfigen Herrn im Jogginganzug erblickt, der den Arm um eine vollbusige Frau mit gelber Perücke und Brokatmorgenmantel gelegt hat. Sie begrüßen sich, gehen hinein und schließen die Tür.

Der Fahrer steigt aus dem Taxi und bittet mich, ihm die Beinprothese zu reichen. Auf den Kotflügel gestützt, krempelt er den Saum seiner glänzenden Hose hoch und schnallt die Prothese an den Stumpf seines linken Beines. Die Dorfbewohner sammeln sich erneut, um die Prozedur aus der Nähe zu beobachten, und verschwinden, als sich die Tür des Hauses wieder öffnet. Der Kommissar kommt mit der Hand auf der Schulter des spärlich behaarten Herrn heraus, der eine Lederjacke angezogen hat und wie ein Senator nach rechts und links lächelnd und nickend das Spalier der gesichtslosen Männer abschreitet. Er wird zum Taxi geleitet und setzt sich zu mir auf den Rücksitz. Der Kommissar spricht ihn mit Kollege an und stellt mich als Besitzer des *sítio*, als geschädigte Partei und als Anzeige erstattenden Bürger vor. Er drückt mir kräftig die Hand und schüttelt sie ausgiebig, als begegnete er mir zum erstenmal. Aber ich erkenne ihn an seiner eingedellten Ex-Boxer-Nase wieder.

Das Taxi setzt zurück, bremst, gibt Gas wie für eine lange Fahrt und stoppt zwanzig Meter weiter vor einem Eckhaus. Das Haus ist das Polizeirevier des Landbezirks, und auf dem angrenzenden Grundstück steht der alte Gefangenentransporter, der auf dem *sítio* herumgefahren ist. Der Kommissar und der Ex-Boxer steigen gleichzeitig aus, und der Fahrer verrenkt sich, um mir die Tür von innen zu öffnen. Der Ex-Boxer setzt sich ans Steuer des Kleintransporters, und der Kommissar gibt mir ein Zeichen, auf der anderen Seite einzusteigen. Ich steige ein und rutsche in die Mitte der durchgehenden Sitzbank, weil der Kommissar wohl lieber am Fenster sitzen will. Aber er steigt nicht ein; er schlägt die Tür zu und verabschiedet sich mit zwei Klapsen auf die Motorhaube, so wie man ein Pferd antreibt.

11 Während der Ex-Boxer den Kleintransporter zurück zur Landstraße steuert, holt er mehrmals tief Luft und setzt zu verstümmelten Gesten an; anscheinend will er mir etwas Schlimmes sagen, was das anschließende Schweigen noch schlimmer macht. Wir fahren über das Gelände des Posto, und die anderen Autos bleiben uns die halbe Strecke der Erdstraße, die zum *sítio* führt, auf den Fersen. Ich beobachte sie im Rückspiegel, und als ihre Scheinwerfer verlöschen, habe ich das Gefühl, auf meinem Sitz zu ersticken. Ich will das Fenster öffnen, finde die Kurbel aber nicht, und der Ex-Boxer atmet mir allen Sauerstoff weg. Er schaltet sinnlos hin und her, bremst und fährt scharfe Schlenker, als sähe er Tiere auf dem Weg. Der Kleintransporter holpert derartig, daß ich meine Gedanken auf nichts konzentrieren kann.

Das Gattertor öffnet sich, als wir näher kommen, wie über Fernsteuerung betätigt. Der Transporter bremst ab, und der Bengel mit dem kahlgeschorenen Kopf taucht mit den drei Schäferhunden auf, die an den Türen schnüffeln. Der Ex-Boxer gibt dem Bengel Anweisung, das Gattertor offenzulassen, die Hunde einzusperren und nach Hause zu gehen. Er muß seinen Befehl wiederholen, denn der Bengel bleibt regungslos stehen und starrt mich an, dann läßt er einen Bambusstock durch die Luft sausen und schlägt sich mit den Schäferhunden ins Gebüsch.

Die beiden Zwillinge warten in gestreiften Unterhosen neben den Wohnwagen, bestimmt vom Gepolter des Wagens alarmiert. Sie kommen dem noch fahrenden Transporter entgegen, stocken verblüfft und treten zurück, als sie mich erblicken. Der Ex-Boxer schaltet den

Motor aus und legt den ersten Gang ein, aber der Wagen rollt auf dem unebenen Gelände quietschend weiter. Die Zwillinge tauchen vor dem Kühler auf, beide mit einem Knüppel in der Hand. Sie zögern kurz, gehen in die Hocke und verkeilen die Vorderreifen mit den Knüppeln. Der Ex-Boxer steigt aus und macht sich auf den Weg zu dem größten Wohnwagen, der mit zugezogenen Vorhängen im Dunkeln steht. Der eine Zwilling öffnet meine Tür und zerrt mich aus dem Wagen. Der andere stützt mich ab, schiebt mein Hemd hoch, streichelt mir die Brust, fummelt an meinen Brustwarzen. Ich sehe, wie der Ex-Boxer die drei Stufen der kleinen Treppe hinaufgeht und energisch an die Wohnwagentür klopft. Der erste Zwilling dreht mein Gesicht mit beiden Händen zur Seite, steckt mir seine kleinen Finger in die Ohren und drückt, als wollte er sie in meinem Schädel gegeneinanderstoßen. Der zweite trennt uns, lehnt mich an einen Baum, und ich denke gerade, daß er mich auf den Mund küssen will, da knattert im Wohnwagen eine Maschinenpistolensalve los, und der Ex-Boxer fliegt von der Treppe. Die Zwillinge laufen ihm zu Hilfe, aber er rappelt sich allein hoch, klopft seine Lederjacke ab und sagt, »Verdammte Scheiße.« Die Wohnwagentür öffnet sich einen Spalt, und der Rotblonde steht nackt da und trägt so viele Ringe und Armbänder, daß er dadurch noch nackter wirkt. In den Händen eine Maschinenpistole, die ich für ein Spielzeug gehalten hätte, sie ist kürzer als sein Unterarm. Er hat eine Narbe, die wie eine aufgesteppte Krawatte von der Schilddrüse bis zum Nabel reicht. Sein Gesicht ist vom Schlaf zerknautscht und das linke Auge mit Schleim verklebt, wie morgens beim Aufwachen, wenn man eine Bindehautentzündung hat.

Wir gehen alle in den Wohnwagen hinein, als letzter der Ex-Boxer, der die Tür schließt. Der Rotblonde legt die Maschinenpistole auf den Glastisch und geht ins Badezimmer am Ende des Wagens. Er stellt die Dusche an, sie klingt genau wie das Rauschen des ohne Bild laufenden Fernsehapparates. Die Zwillinge setzen sich auf die Kante der mit zerwühlten Laken bedeckten Liege vor den flimmernden Fernsehapparat und streiten sich um die Videobänder, die auf dem Teppich herumliegen. Der Ex-Boxer macht es sich im Sessel neben dem Tisch bequem und wiegt die Maschinenpistole in der Hand. Ich bleibe an die Tür gelehnt stehen und zähle die Einschußlöcher in der Wohnwagendecke.

Der Rotblonde kommt mit triefenden Haaren, klarem Blick und einem Handtuch um die Hüften aus dem Badezimmer, auf der Brust ein goldenes Medaillon, das die derbe, verwucherte Narbe noch betont. Er setzt sich dem Ex-Boxer gegenüber, streicht über die violette Tischplatte und sagt, »Wo ist er?« Der Ex-Boxer sagt, »Wer?« »Wo ist der Schmuck?« sagt der Rotblonde mit einem Seitenblick zu mir. Der Ex-Boxer deutet mit der Maschinenpistole auf mich und sagt, daß er auch nie was auf mich gegeben hat, daß er mich für einen Taschendieb, einen kleinen Gauner, einen Habenichts gehalten hat. Und jetzt hat er festgestellt, daß ich der Besitzer des *sítio* bin. Er beeilt sich zu erklären, daß ich nicht hier bin, um irgend jemanden rauszuwerfen, daß ich im Gegenteil mit einem für uns alle interessanten Angebot gekommen bin. Er holt tief Luft und sagt, daß ich ihn heute abend mit Mitgliedern einer großen Organisation bekannt gemacht habe, aber der Rotblonde hört ihm nicht mehr zu; er steht auf, geht um den Tisch herum, bleibt vor mir stehen, ohne mich anzusehen, und sein linkes Auge ist aus Glas. Er dreht sich zum Ex-Boxer um, sagt, »Du willst mich wohl auf den Arm nehmen?«, und seine Stimme kippt mitten im Satz ins Falsett. Der Ex-Boxer duckt sich in seinem Sessel und reibt den Lauf der Maschinenpistole, als ob er ihn masturbierte. Ein Zwilling schaltet den Fernsehapparat aus, der andere zieht einen Fenstervorhang auf, und das gleißende Licht vieler Scheinwerfer strahlt die durchlöcherte Decke an. Der Ex-Boxer steht auf und sagt, »Ich habe mir erlaubt, die Herren von der Organisation zu einer kleinen Unterhaltung einzuladen«; er hat den Satz mit fester Stimme, in einem Atemzug gesprochen, aber beim letzten Wort ist er unwillkürlich etwas zurückgewichen. Weniger als eine Bewegung, nur ein fast unmerkliches Straffen des Rückens, das aber dem Rotblonden erlaubt, einen Schritt vorzutreten und ihn zu zwingen, sich an die Wand zu drücken. Ein Bewaffneter darf nicht zurückweichen, und in dieser Situation mit der Maschinenpistole zu fuchteln ist bloße Unbeholfenheit. Er ist ja schon umstellt und könnte mühelos von den Zwillingen überwältigt werden, die indes in meine Richtung sehen und erstarren. Der Rotblonde sieht auch durch mich hindurch und wird fahl wie ein Albino. Hinter mir ist soeben der Kommissar hereingekommen, mit vorgebeugtem Oberkörper, damit er in den Wohnwagen paßt. Er braucht nicht die Hände aus den Taschen zu nehmen, damit die drei ihre in den Nakken legen. Er braucht auch kein Wort zu sagen, damit sie den Blick senken und im Gänsemarsch den Wohnwagen verlassen, gefolgt vom Ex-Boxer mit der Maschinenpistole im Anschlag.

Der Kommissar setzt sich auf den Platz des Rotblonden und hantiert mit den Gegenständen auf dem Tisch. Er öffnet die Medikamente, riecht daran, entleert ein Röhrchen Schlaftabletten auf den Teppichboden. Er drückt aufs Geratewohl die Tasten des Telephons in Schildkrötenform und läßt den Apparat auf dem Rükken schaukelnd liegen. Er hebt den Porzellanbuddha an, schraubt an ihm wie an einer Glühbirne, und der Bauch der Figur teilt sich in der Mitte; der Hohlraum ist mit weißem Pulver gefüllt, vermutlich Kokain. Draußen hört man einen kurze Schießerei, und der Kommissar sagt, »Die Idioten haben versucht zu fliehen.« Er stippt den Finger ins Kokain und reibt es sich aufs Zahnfleisch. Ich will einen Blick aus dem Fenster werfen, aber er sagt, »Ach, so ein Zufall.« Er öffnet ein Perlmuttkästchen und fragt, ob ich den Schmuck meiner Schwester kenne. Ohne eine Antwort abzuwarten, kippt er den Schmuck auf den Tisch und sagt, daß er genau der Beschreibung entspricht, die meine Schwester ihm gegeben hat. Er verteilt ihn auf die Taschen seines gewürfelten Jacketts, erhebt sich ruckartig, stößt mit dem Kopf an die Decke und verläßt den Wohnwagen.

Ich wollte nicht hinsehen, aber die drei Körper lagen nebeneinander bäuchlings auf dem Rasen, die Hände im Nacken gefaltet. Der Kommissar geht mit dem Fahrer im glänzenden Anzug, der sein Bein kaum nachzieht, zum Bach hinunter. Die anderen Männer sind ein Stück voraus und überqueren schon die Bohlenbrücke auf dem Weg zum Haupthaus, von wo ein schwaches Licht flackert. Der Kommissar bleibt stehen, dreht sich um und bedeutet mir, mitzukommen. Ich finde, daß diese Leute nichts mehr auf dem *sítio* zu suchen haben.

Ich sehe dem Kommissar in die Augen und sage, »Schluß jetzt«, aber meine Stimme ist so kraftlos, daß ich es selbst kaum höre. Er hat es vielleicht gehört, denn er schüttelt den Kopf und verschwindet aus meinem Blickfeld.

Ich gehe in entgegengesetzter Richtung bergauf und nehme auf den Gebirgsgipfeln eine erste Spur von Helligkeit wahr. In der Nähe des Gattertors lehne ich mich an den runden Felsen, auf dem ich so gern gesessen habe, als ich klein war. Mir fällt ein, daß ich am frühen Abend immer meine Schwester aufforderte, mit mir auf den Felsen zu klettern, und sie antwortete immer, »Ich komm' gleich«, ich sollte schon vorgehen, mich hinsetzen und auf sie warten. Dann saß ich die ganze Nacht allein da oben und lernte, daß die Nacht dem Tag überlegen ist. Und daß, wenn es hell wird, nicht der Tag am Horizont anbricht, sondern die Nacht sich in den Talgrund zurückzieht.

Ich durchquere das Gattertor, höre es irgendwo krachen und weiß nicht, ob es Donnerschläge sind oder Schüsse, die von den Berghängen widerhallen. Es kann auch beides gewesen sein. Gleich darauf fängt es an zu regnen, und die Pflanzung steht in Flammen.

Einen großen Teil der Erdstraße bin ich ganz in Ruhe gegangen, mit erhobenem Gesicht, und habe mich stolz naßregnen lassen. Als ich merke, daß es hell geworden ist, beschleunige ich das Tempo. Ich werfe meine verdreckten, vom Matsch schwer gewordenen Turnschuhe weg. Ich laufe barfuß, schlittere etwas, und das Grummeln, das mich verfolgt, muß ein fernes Gewitter sein.

Aber es kann auch der Transporter, das Taxi, die Kolonne von Privatwagen sein; wenn sie mich einholen, werden sie bestimmt denken, daß ich auf der Flucht bin. Ich bohre mir die Finger in die Ohren, wie es der Zwilling gemacht hat, und spüre die überdehnten Knorpel. Ich laufe mit geschlossenen Augen, den Weg kenne ich ja. Die Pfützen werden immer tiefer, ich durchquere sie nach Amphibienart. Endlich trete ich auf festen Boden und rase wie von Sinnen über die Landstraße gegenüber vom Posto Brialuz.

An der Haltestelle, von wo der Bus in die Stadt hinunterfährt, erkenne ich den dünnen Kerl im karierten Hemd wieder. Ihn dort zu sehen erfüllt mich, warum, weiß ich nicht, mit einem ähnlichen Gefühl wie Dankbarkeit. Ich laufe weiter, mit ausgebreiteten Armen ihm entgegen, aber er mißversteht mich; er krümmt die Schultern und zieht ein Messer aus der Hose. Es ist ein großes, halbverrostetes Fleischmesser mit zerkerbter Schneide, das er in Höhe meines Magens auf mich gerichtet hält, und ich habe keine Möglichkeit mehr, meinen Schwung abzubremsen. Ich befinde mich eine Handbreit vor dem langen Gesicht, seinem aufgerissenen Mund, und jetzt bin ich nicht mehr sicher, daß ich ihn kenne. Eigentlich kenne ich an ihm nur sein kariertes Hemd, und dem Hemd werfe ich mich in die Arme und zerre an ihm und zerfetze es. Die Klinge dringt in ganzer Länge in meinen Leib, und um ein Haar bitte ich den Kerl, sie da drin zu lassen; ich ahne, daß sie mir beim Herausziehen weit mehr weh tun wird als beim Eindringen. Er stößt mich gegen die Brust, um sie herauszureißen, und verschwindet auf dem steilen Hang, der woandershin führt.

Als ich in den Bus steige, fällt mir ein, daß ich kein Geld für die Fahrkarte habe. Ich klopfe mich vor dem Fahrer ab, er sieht den leuchtendroten Fleck auf meinem Hemd, verzieht das Gesicht und läßt mich hinein. Ich habe Glück und finde eine freie Sitzbank hinter einem dicken schwarzen Priester mit hervorquellenden Augen und vor einem grünlich verfärbten Kerl, der mit schiefgedrückter rechter Wange an der Fensterscheibe schläft. Es dauert, bis der Fahrer losfährt, er sieht sich nach allen Seiten um, anscheinend rechnet er noch mit anderen Fahrgästen. Ich überlege, ob ich ihm Bescheid sagen soll, daß die Kinder mit den Zitronen heute nicht kommen, aber ich bin unendlich erschöpft. Ich lehne den Kopf an die Fensterscheibe.

Auf dem Busbahnhof wird mir schon irgend jemand eine Telephonmünze geben. Ich werde bei meiner Mutter anrufen, denn ich muß mich irgendwo hinlegen, duschen, mir die Haare waschen. Wenn meine Schwester von ihrer Reise zurückkommt, wird sie mir bereitwillig sechs Monatsmieten für eine Wohnung vorschießen. Falls Mama nicht abnimmt, werde ich zu Fuß zu meinem Freund gehen; er wird nichts dagegen haben, mich bis zur Rückkehr meiner Schwester aufzunehmen. Falls mein Freund tot ist, werde ich bei meiner Ex-Frau klingeln. Sie wird mit Sicherheit viel zu tun haben und womöglich durch den unerwarteten Besuch in Verlegenheit kommen. Gut möglich, daß sie die Tür einen Spalt öffnen und den Fuß dahinterstellen wird. Aber wenn sie den leuchtendroten Fleck auf meinem Hemd sieht, verzieht sie vielleicht das Gesicht und läßt mich hinein.